呪われた女でも愛してくれますか？

～ブサイクと虐められた伯爵令嬢が
義姉の身代わりに嫁がされて公爵に溺愛されるようです～

登場人物紹介
Characters
ガゼル
若くして
サリウス公爵家を継いだ、
通称『野獣公爵』。
家門の利益のため、
ローガンズ伯爵家との
婚約話を受け入れる。
シャーリー
ローガンズ伯爵家の庶子で、
魔術が使えないことから
『呪われた子』として蔑まれていた。
婚約を嫌がった義姉の代わりに
サリウス公爵家に入ることに。

カレン
シャーリーの義姉で、
魔術の天才。
幼い頃から執拗に
シャーリーを
虐めてきたが……
エリザベス
ガゼルの従姉であり、
オータム王国の第三王女。
『放蕩王女』と呼ばれるが、
実は優秀で政務もこなす。
イザベラ
シャーリーの専属護衛。
最初はぶっきらぼうな
態度だったが、
シャーリーと接していく
うちに……？
マモン
サリウス公爵家の
筆頭執事。
幼い頃から
ガゼルを見守る。
イリス
シャーリーの専属侍女。
落ち着いた雰囲気の女性だが、
熱意をもってシャーリーに尽くす。

プロローグ　冬の冷たいある日に

冬の森の中、雪に覆われた木苺を少女は見つめていた。

以前食べた木苺の甘酸っぱい味を思い出すと、口の中に唾《つば》が出てしまう。

「えいやっ」

白い息を吐きながら、少女は背の高い草むらに思いっきり手を伸ばす。

雪の積もった地面は裸足《はだし》だと踏ん張りが利かず、つま先で立つのも一苦労だ。

「……もう、すこ、しっ」

あと少し指が届けば、久しぶりに甘いものが食べられる――と思った時だった。

「やった――ぴぎゃ!?」

少女の指が木苺を捉《とら》えた瞬間、頭上から雪が降ってきた。

頭から雪を被《かぶ》った少女は犬のようにブルブルと頭を振り、頭上を仰《あお》ぐ。

そこには少女が欲しかった木苺を掠《かす》め取った栗鼠《りす》がいた。

心なしか栗鼠《りす》に馬鹿にされているような気がして、少女は頬を膨らませる。

「むぅ。ずるいよ、わたしが先に狙ってたのに！」

その時だ。

突然、栗鼠《りす》の身体が燃え上がった。

少女はハッ、と後ろを振り返る。

「見つけたぞ、シャーリー！」

背の高い金髪の男が目をギラつかせ、少女を追いかけていた。

（……いけない。逃げなきゃっ）

少女――シャーリーは慌てて男から逃げ始める。

「ハハハッ！　逃げろ逃げろ、もっと悲鳴を上げて僕を愉《たの》しませろ！」

「ハァ、ハァ」

「《燃やし尽くせ》《燎原《りょうげん》の火のごとく》『火球《ラ・イグニス》』！」

魔術の炎が頬を掠《かす》める。すぐ横を通りすぎた熱線はそのまま、軌道上の木に焦げた穴を作った。

先ほど栗鼠《りす》を丸焦げにしたのと同じ魔術だ。

シャーリーはあれに当たった時のことを考えて身震いした。

急いでこの場を離れようとするのだが、雪の降り積もる中を裸足《はだし》で走るのは辛い。

元々体力がないのもあって、シャーリーはすぐに転んでしまう。

「あぅっ」

口いっぱいに雪を頬張ることになってしまい、火照《ほて》った身体が冷めていく。

土が混じっていないだけマシだけれど、あんまり美味《おい》しいとは思えなかった。

（ハァ、ハァ……さっきの木苺、食べたかったな……栗鼠《りす》さん、ごめんね）

シャーリーは犠牲になった栗鼠《りす》のことを思い涙する。

きっと自分がこの森に入らなければ、あの栗鼠《りす》は生きていられただろうと。

本来、シャーリーが謝る必要はまったくないのだが、そうもいかない事情があった。

「ちッ、なんだよ、もう力尽きたのかよ。つまんねーな」

「エリックお義兄様《にいさま》……」

栗鼠《りす》を殺したのは、シャーリーの義兄《あに》なのだ。

「もっと逃げてくれないと狩りにならないじゃないか。せっかく人間狩りが出来ると思ったのに」

魔術用の杖《ロッド》をくるくると手で弄《もてあそ》びながら、義兄《あに》――エリックは嘆息した。

「ほんと使えないな、お前。まぁいいや。次は新しい魔毒の実験台になってもらおうか」

そう言ってエリックがシャーリーに手を伸ばしてきた、その時だった。

「お兄様、シャーリーに何してるの!?」

颯爽《さっそう》と、救世主が二人の間に入ってきた。

銀髪の女性だ。赤を基調とした派手なキャミドレスを翻《ひるがえ》し、彼女は兄《エリック》に指を突きつける。

まるで姫を守る騎士のようにシャーリーを助けようと――

「この子はワタシのものなんだけど！　勝手に取らないでよ！」

（あぁ、やっぱりそうだよね……）

この人が自分を助けることなんてありえないのに、とシャーリーは嘆息する。

そんな彼女を一顧だにせず、義兄《あに》と義姉《あね》は言い争いを始めた。

「なんだよカレン。お前ばっかりずるいぞ。ちょっとくらい、いいだろう」

「ダメ。何なら魔術勝負で決着をつける？」

カレンが空色の目を細めると、エリックは口元をひきつらせた。

「い、いや、さすがの僕もローガンズの最高傑作と勝負する気はない」

「そうですか。ではお引き取りくださいませ。シャーリーは今からワタシと遊びますので」

「はいはい分かったよ……あんまりやりすぎて壊さないようにな。僕の楽しみが減る」

「心得ています」

それはまるで、好みの玩具《おもちゃ》を取り合う兄妹のようなやり取りで。

やがて兄のほうが去り、妹のほうは「さて」と残虐に口元を歪ませる。

「キャハッ、今からワタシの時間よ、シャーリー」

「カ、カレンお義姉《ねえ》さま」

「あなたがお部屋から消えた時は肝が冷えたわ——散々お兄様と遊んだんだもの。ワタシにも付き合ってくれるわよね？　『風の弾《ヴェニクルス》』！」

「……っ」

返事を待たず、シャーリーの身体を風の塊《かたまり》が打ち付けた。

周りの雪がぶわりと舞い上がり、シャーリーは芋虫のように身体を丸める。

「『風の弾《ヴェニクルス》』！　『風の弾《ヴェニクルス》』！　『風の弾《ヴェニクルス》』！」

硬い雪の球を繰り返し投げつけられたような痛み。

辛いことから目を背《そむ》けながら、シャーリーは母の言葉を思い出す。

『シャーリー、辛い時は、楽しいことを考えるのよ。そしたらすぐに辛さなんてなくなるわ』

（……雪の上を走るのは、楽しかった。栗鼠《りす》さんに木苺を取られたのは悔しかったけど、ちょっぴり楽しかった。楽しいことがいっぱいだから、大丈夫……今日はお菓子、食べられるといいなぁ）

妄想の中で甘いものに浸《ひた》っている自分を想像すると、少し痛みがマシになる。

「キャハハハ！　気色悪い黒髪、ワタシが全部むしり取ってあげようかしら!?」

執拗《しつよう》に魔術で自分を虐《いじ》めるカレンの声も、シャーリーには聞こえない。

悲鳴を上げれば相手の思うつぼだと彼女は知っているからだ。

（出来れば、やり返せられたらいいなぁ、とは思うけど……）

魔術は風をぶつけたり炎で誰かを脅《おど》したりするより、もっと楽しいことに使いたい。

動物と話せる魔術なんてあったら、きっと毎日が楽しいと思うのだ。

そもそも魔術が使えれば、こんな目には遭っていないのだろうけど。

「風の――」

「カレン」

カレンの動きがピタリと止まった。

彼女の後ろから歩いてきた金髪の貴婦人――マルグリットが扇《おうぎ》を口元に当てながら立っていた。

「お母様、なんで止めるの？　今、良いところなんだけど」

「玩具《おもちゃ》で遊ぶのはそれまでにして頂戴。お父様が呼んでいるわ」

「お父様が？」

カレンは首を傾げ、両手を合わせて顔を輝かせた。

「この前頼んだMs．ファランの新作ドレスを買ってもらえるのかしら？」

「そうじゃないかしら？　あたくしもそろそろ宝石を買い替えなきゃ」

カレンの母――シャーリーにとっての義母《はは》は「そうそう」と汚物を見るような目で言った。

「お前はさっさと立ちなさい、ローガンズの恥晒《さら》し……あぁこっち見ないで。呪いが移るわ」

「……はい」

服の上の雪を払いながら立ち上がり、ちゃんと身体が動くかを確認する。

義母《はは》の急《せ》き立てるような声に追われて、シャーリーは走り出した。

◆◇◆◇

オータム王国のローガンズ伯爵家と言えば、魔術の名門、四大貴族の一角として有名だ。

東の広大な平野を領地に持ち、近隣領主を束ねる一大勢力でもある。

そんな旧家故《ゆえ》に、婚姻を結んで繋《つな》がりを強めたい貴族は後を断たない。

「カレン、お前に婚約の話が来ている」

どうやら、今回もその類《たぐい》の話だったようである。

隣の部屋から聞こえてくる声に、シャーリーは一人納得していた。

（お義姉《ねえ》さま、とっても綺麗だものね……あんな性格だけど）

カレンは義妹《いもうと》を魔術の実験台にするような残忍な趣味を持っているが、見目だけは美しく、虐《いじ》められているシャーリーでも彼女の着飾った姿によく見惚れている。

それに比べて自分はどうだろう。シャーリーは鏡を覗《のぞ》いて自嘲するように笑った。

（こんな見た目じゃ、誰もお嫁さんになんてしてくれないよね……）

浮浪児のような襤褸《ぼろ》切れの服、ちぢれた黒髪は腰まで伸びていて、目の下には隈がある。

アメジストの瞳は夜に見ると不気味に光って見えるから、シャーリーは自分の目が嫌いだった。

（お義姉《ねえ》さまがいなくなれば、ちょっとはお手入れ出来るかな）

お手入れの仕方も知らないけど、と諦め交じりに吐息をこぼす。

そもそも、伯爵家当主の父と侍女の間に生まれた自分にそんな自由は許されないだろう。

ともあれ掃除だ。お茶会が終わったばかりの応接室で「よし」と腕まくりをする。

（早く掃除しなくちゃ……あら？）

ふと机の上を見てみると、食べかけのケーキが残っていた。

側面に刻まれた特徴的なロゴを見て、シャーリーは目を輝かせる。

（こ、これ……侍女の方々が話してた、シェフ・ザルトンの特製ケーキでは⁉）

あいにくと行ったことはないが、毎日百人以上の行列が出来る有名店だったはずだ。

滅多に食べられないケーキ、それも名店のものと見て食欲が疼《うず》き出す。

食べかけのケーキを食べたら怒られる。でも、この機会を逃したら……

ごくり、と唾を呑んだシャーリーは周りを見渡し、誰もいないことを確認。

それからフォークを取り、ケーキに切れ込みを入れる。

「ふぁぁあ……」

ふわり、と触れるだけで沈み込むような柔らかさに感動する。雲を掴んだらこんな感触だろうか。

もはや我慢は限界を迎え、シャーリーは勢いよくケーキを口の中に放り込む。そして、

「～～～～～～～～～～っ！」

まさに、至高の味だった。

ばたばたと手足を動かし、天にも昇りそうな味を堪能するシャーリー。

生クリームを頬っぺたにつけながら、彼女は恍惚《こうこつ》とした息を漏らした。

「ふぁぁあ……美味《おい》しい……わたし、きっとこの時のために生きてきたのね……」

益体もないことを考えつつ、つまみ食いがバレた時のことを想像して身震いする。

慌てて片付けをしながら掃除を再開すると――

「ふざけないでッ！　なんでワタシが『野獣公爵』なんかとッ！」

向こうの雲行きが怪しくなってきた。

取り乱したような怒鳴り声が気になって、シャーリーは隣室へ繋《つな》がる扉に耳をつけた。

「何度も言っただろう。奴らは魔獣戦線のために魔術の優生血統――つまり我がローガンズ伯爵家の血を望んでいる。我が家は四大貴族とはいえ、王族相手の発言権は弱い。王家との結びつきが強

いサリウス家に取り入ることが出来れば、我が家に敵はいなくなる。なぜそれが分からん！」

「理屈は分かるけど、嫌なものは嫌なの！　よりにもよって相手が『野獣公爵』なんて！　噂では熊のように大きな身体で何人もの女性を滅茶苦茶にしたそうじゃない！　腕は立つけど魔獣の血を浴びすぎて獣《けもの》みたいな臭いが漂《ただよ》っているのだとか！　そんな相手を夫になんて絶対に嫌！」

「これは決定事項だ」

「嫌ったら嫌！　お父様なんて大っ嫌い！」

足音が聞こえる。まずい、早く離れないと――バタンッ。

「ぁ」

急いで扉から離れようとしていたシャーリーと、カレンの目がばっちり合う。

扉を開いたまま固まったカレンはニヤァ、と口元を歪ませた。

「カレン、待ちなさい！　まだ話は終わってないぞ！」

「良いことを思いついたわ、お父様！」

カレンは満面の笑みで後ろを振り返った。

「この子を身代わりにすればいいのよ！」

「「!?」」

シャーリーを含むローガンズ伯爵家の面々が固まった。

ローガンズ伯爵はでっぷり腹を揺らして立ち上がり、「いやそれは」と渋る様子を見せるが、

「それは良い考えね」

義母《はは》であるマルグリットは扇《おうぎ》を閉じ、人の悪い顔で笑った。

「前からこの薄汚いものをどうにか処分出来ないかと考えていたのよ。エリックの遊び癖もマシになるでしょうし。ローガンズの最高傑作《カレン》を手放すのも惜しい。あたくしは全面的に賛成します」

「僕は実験台がなくなるの困るんだけど？」

「実験用の奴隷なら今度買ってあげるわ。それならどう？」

「……まぁ、それなら問題ないかな。次はもっと小さい女でよろしく」

隣室でマルグリットやエリックが笑い合う。

シャーリーは、突然降って湧いた幸運が信じられず呆気に取られていた。

（わたし……この家を出て行っていいの？）

「サリウス家が欲しいのはワタシじゃなくてローガンズ家の血でしょう？　天才であるワタシがこの家を出て行けば戦力低下になるけど、この子を渡せばこちらの痛みはゼロ！　あのサリウス家に恩だけ売れるし、莫大な支度金も手に入る。お父様、こんなに良いことが他にあって？」

「うぅむ。しかしだな……」

意外にも渋るローガンズ伯爵に、マルグリットは冷めた目で唇を開いた。

「あら。天下のローガンズ伯爵は妾《めかけ》の子を、それも何の役にも立っていない愚図を手放すのに躊躇《ちゅうちょ》するのかしら？　お優しいこと。まさかとは思いますけど……あの侍女に未練があるとか？」

「そ、そんなことあるか！　アレは儂の過《あやま》ちだったと、以前にも謝っただろう！」

「では問題ありませんね」

ローガンズ伯爵が言い負かされ、マルグリットは虫を見るような目をシャーリーに向けた。

「お前は今すぐここから出て行きなさい。向こうに着いたら支度金を送金するように」

「は、はい……奥様」

「カレン。コレの見目を取《と》り繕《つくろ》いなさい。我が家の令嬢に見えるようにね」

マルグリットの言葉を背に受けながら、シャーリーは逃げるようにその場を後にした。

ひと気のない廊下まで行くと、身体を丸め、ぐっと拳《こぶし》を握り、

(やったぁ～～～～～～～～～～～～！)

と、心の中で叫びながら、ぴょんぴょんとその場で飛び跳ねる。

(もうお義兄様《にいさま》に実験台にされることもなければ食事に虫を入れられることもないし、お父様に頭を殴られずに済むし、お義姉《ねえ》さまに虐《いじ》められずに済む！　やった、やった、最高だわ！)

嫁入り先が『野獣公爵』という恐ろしい人らしいが、それがなんだというのか。

シャーリーにとって、ここにいること以上に辛いことなんてないのだ。

「そうと決まれば早速準備しなくちゃっ」

るんるん、とスキップをしそうな勢いで、シャーリーは中央棟の大階段に赴《おもむ》いた。二階に繋《つな》がる大階段の裏、そこから下る薄暗い地下牢こそが、シャーリーの部屋だ。

「えぇっと、んー。持っていくもの、あんまりないわね」

地下牢の中は簡素なベッドと机、着替えが一着あるだけで、他に持っていくものはない。

生まれてこのかた化粧をしたこともないし、おしゃれな服には縁がなかったのだ。

「ここも今日でお別れね」

せいせいする。けれど同時に、ほんのちょっとだけ寂しくもあった。

「お母様、それとアニタ……わたし、ここを出て行くわ」

自分を優しく抱きしめる母をぼんやり覚えている。三歳の頃に死んでしまったけれど、母からもらった温もりは、確かにこの胸に残っていた。アニタは母の死後お世話をしてくれた侍女だ。

「見守っていてね」

シャーリーは鞄《かばん》一つで地下牢を後にする。

玄関ホールにはローガンズ家の使用人たちがいたが、誰も声をかけてこなかった。

侍女だった母の知り合いも全員解雇されているから当たり前だ。

むしろ厄介事に巻き込まれまいと、シャーリーを避けるような動きをしている。

(まぁ、今さら声をかけられても困るけどね……)

玄関でじっと待っていると、カレンが現れた。

「ねぇ、なんでそんなところに立っているの。さっさと行きなさいよ」

「え？　で、でも……公爵家に嫁入り……ですよね？　わたし、こんな服しかなくて……」

今のシャーリーが着ているのは、誰が見ても襤褸《ぼろ》だと分かるような服装だ。

暖炉を燃やす時についた炭や虐《いじ》められた時についた土汚れがいっぱいだし、浮浪児にも見える。

見栄や外聞を何より大事にする貴族にとって、こんな姿の娘を送り出すのは虐待を世に知らしめるようなものだろう。特にローガンズ伯爵家からすればサリウス公爵家は格上に当たるため、せめて失礼がないようにしなければならないはず。

（さっきお義母様《かあさま》も外見を取り繕《とつくろ》うようにって言っていたような……）

シャーリーが首を傾げると、カレンは凄惨に嗤《わら》った。

「キャハッ！　あんた、ワタシに口答えしようっての？」

「い、いいえ。そういうわけでは……」

「生意気言ってないでさっさと行きなさい。ワタシの服はあんたにあげるには上等すぎるわ！」

「でも……」

「服なんて隠せば変わらないでしょ。ほら、これでも被《かぶ》ってなさい」

カレンが渡してきたのは寒さをしのげる分厚い外套《がいとう》だった。

確かに足先まで裾が伸びているコレなら襤褸《ぼろ》を隠せるだろうが……

（本当にいいのかしら？）

「まだ言いたいことがあるなら虐《いじ》めてあげるけど？」

にっこりと微笑まれ、シャーリーはぶんぶんと首を振って玄関を出た。

門扉《もんぴ》に止まっている馬車には御者が一人いるだけで、寒々しい風が吹いている。

服を取《と》り繕《つくろ》うより、外套《がいとう》のほうがありがたいのは何という皮肉だろう。

シャーリーは振り向き、門扉《もんぴ》まで付いて来たカレンに頭を下げた。

「長い間、お世話になりました。どうぞご自愛ください、お義姉《ねえ》さま」

義姉《あね》は最後まで嫌味な人だったけれど、これでお別れだと思うとどんな言葉も許せる。

たとえ義姉《あね》が言うようにサリウス公爵がひどい人でも——ここにいる人よりマシなはず。

シャーリーが馬車に乗り込むと、御者は乱暴に馬を走らせ始めた。

車窓から顔を覗《のぞ》かせ、どんどん遠ざかっていく伯爵邸を見つめる。

十七年も住んでいた家だけれど、何の感慨も湧かなかった。

（新しい家では、お菓子が食べられたらいいなぁ……）

第一章　婚約と身代わり

冬の冷たさを孕《はら》んだ風が吹き抜け、黄金の麦穂がさざ波のように揺れる。

どこまでも続く黄金の海に、シャーリーは感嘆の息をこぼした。

「わぁ……すごい。冬なのに、小麦がこんなにたくさん」

恐らく麦畑の中に等間隔に並んでいる魔道具らしき箱のおかげだろう。

ローガンズ伯爵領から馬車に揺られて三時間ほど。

シャーリーは荷物のように運ばれながらも、生まれて初めてとなる旅を満喫していた。

景色を眺めるだけだが、屋敷の敷地外に出たことがない彼女にとって見るものすべてが新鮮だ。

「北の大地は穀倉地帯だったわね……そろそろ公爵領かしら？」

本来はもっとゆっくり景色を楽しみたいところだが、そうもいかない。

ローガンズ家が開発した魔道具による馬車の補助と、御者による馬の魔術補助があるから、どんなに離れていてもあっという間に着いてしまうのだ。

やがて馬車はシュバーンと呼ばれる街に入る。石造りの入り組んだ街並みは、万が一魔獣の大軍が攻めてきた場合の備《そな》えだろう。北の魔獣戦線に近い街ならではと言えた。

迷路のような街の最奥にサリウス公爵城はある。立派な門構えにシャーリーは唖然とした。

（お、大きい〜〜〜〜！　すごい！　王様のお城みたいだわ！）

「着いたぞ。さっさと降りろ」

伯爵令嬢にかける言葉とは思えないほどの乱暴さで、シャーリーは馬車から降ろされた。

「あ、あの、ありがとうございました」

「ったく。勘弁してほしいぜ。なんで俺が呪われた女なんか……」

ぺこりと頭を下げたシャーリーに悪態をついて馬車は去って行く。

城の門前には二人の兵士が待ち構えていて、シャーリーはローガンズ領から来た旨を伝える。

「……あー、はいはい、ローガンズね。少々お待ちください」

嫌悪感が滲《にじ》んだ兵士の視線に、シャーリーはしゅんと肩を落とした。

（そうよね。やっぱりわたしみたいな女、気持ち悪いわよね）

金髪が主流なオータム王国に黒髪は珍しく、実家でも煙たがられていたのだ。

両手を口元に当てて白い息を吐き、シャーリーは手をこすり合わせた。すると、

「――待たせたな。ローガンズ伯爵令嬢……でいいか？」

凛《りん》と響いた声のほうを振り向き、シャーリーは息を呑んだ。

そこには二十代後半と思しき、プラチナブロンドの髪を持つ男性がいた。

鼻筋が通った顔立ち、赤みがかった瞳。顔に斜めに走る刀傷が見えるものの、引き締まった体躯《たいく》もあって頼もしさが一層増したような印象を受ける。軍人。そんな言葉が頭に浮かんだ。

（すごく、すごくかっこいい人……）

「おい、どうした」

「あ」

冷めた声を聞いてシャーリーは慌てて居住まいを正した。

「も、申し遅れました。わたし、ローガンズ伯爵家から嫁入りに参りました。シャーリー・ローガンズと申します。不束者《ふつつかもの》ですが、これからどうぞよろしくお願いいたします」

「ガゼル・サリウスだ。まぁ、よろしく頼む」

（この人が『野獣公爵』様……？　全然、そんな風には思えないけれど）

ガゼルは明らかに歓迎していなそうで、怪訝《けげん》そうに眉をひそめて周りを見た。

「君一人か。侍女は？　荷物は？」

「わ、わたし一人です。荷物はこれだけで」

シャーリーが鞄《かばん》を掲げると、ガゼルはますます眉間の皺《しわ》を深くする。

「それだけ？」

「はい」

「……分かった。ついて来なさい」

呆れられてしまっただろうか。伯爵令嬢の荷物が鞄《かばん》一つで、お付きの侍女もいないなんて。

ため息をつきたくなる気持ちを堪《こら》えて、シャーリーはガゼルの後に続いた。

公爵城の前庭はとても美しく飾られていて、花の香りがふわりと漂《ただよ》ってくる。

玄関扉を潜《くぐ》ると、大勢の使用人たちがガゼルとシャーリーに花道を作っていた。

「「お帰りなさいませ、旦那様」」

「あぁ、ただいま」

足並み揃えた使用人たちに一つ頷き、ガゼルは二階へ繋《つな》がる中央階段で足を止める。

それからシャーリーの肩にそっと手を置くと、みんなを見回して言った。

「今日から私の婚約者になるシャーリー・ローガンズだ。皆、不自由をかけないように」

「よ、よろしくお願いいたしましゅっ！」

勢いよく頭を下げたシャーリーは涙目になった。

（か、噛んじゃったよぉ……！）

恐る恐る顔を上げ――冷たすぎる視線を浴びたシャーリーは息が止まりそうになった。

「アレがローガンズの『悪女』……？　ずいぶん地味な見た目をしてるわね」

「本当に旦那様はあんなのと結婚するつもりかしら。ローガンズなんて……気色悪い」

「なんでローガンズなんかと……それなら私にしてもいいじゃないか……！」

嫌悪、嘲笑、侮蔑――温度の低い視線の数々に身を縮こませる。

助けを求めるようにガゼルを見上げると、彼は吐き捨てるように言った。

「自業自得だ。ここでは社交界のような振る舞いは許さないからな」

下手なことをしたら使用人から嫌がらせを受けるぞ、と警告を受ける。

（使用人の方々にあんな目で見られて自業自得って……お義姉《ねえ》さまは何をしたのかしら……）

自分が義姉《あね》の身代わりであることはまだバレていない。きっとガゼルはカレンの所業のことを言っているのだろうが、義姉《あね》が社交界でどんな振る舞いをしているのか気になった。

(完全にとばっちりだけど……実家で魔術の実験台にされるよりマシよね)

「個々人の紹介は追々する。まずは婚約契約書を交わそう」

中央階段に足を掛けたガゼルを追いかける途中、後ろから声が聞こえた。

「シャーリー……？　ローガンズの……まさか、お母様が言っていた……？」

「おい、何をしている」

「あ、はい。ただいま」

聞こえて来た声に首を傾げつつ、シャーリーは慌ててガゼルの後を追いかけ、二階に上がる。

豪華すぎない、品のある調度品が飾られた廊下の中央に執務室があった。

「さて、と、まずは外套《がいとう》を預かろう」

「あ、はい……」

(でも、これを脱いだら襤褸《ぼろ》がバレちゃう……)

どうしようかと迷っていると、ガゼルは急かすように言った。

「どうした、脱がないのか。この部屋は暖炉が効いているが？」

「………はい。脱ぎます」

これ以上は隠せない。そう判断したシャーリーは外套《がいとう》を脱いでガゼルに渡した。

襤褸《ぼろ》を着たシャーリーにガゼルは目を見開いた。

「……その服は？」

「あの……これしかなかったので……」

「……わざと襤褸《ぼろ》を着て同情を引く作戦か……？」

ガゼルはじぃっとこちらを見ていたが、

「まぁいい」

と、ありがたいことに、ひとまず触れないようにしたようだ。

もちろんその瞳は嫌悪感に満ちているし、今も疑わしそうにシャーリーを見ているが。

(あとで何か服をもらおうかしら……うぅ、でもわたしなんかにもらえるかしら……)

ガゼルは執務机から取って来た書類を机に置いた。

「まず言っておく。俺はローガンズが大嫌いだ」

「……はい」

「魔術の名門とはいえ、権力を笠に着た蛮行は目に余るものがある。王族が目こぼししていなければ、逐一《ちくいち》検挙してやりたいくらいだ。それだけじゃない。夜な夜な舞踏会に参加しては男を引っかけ、爵位の低い令嬢を虐《いじ》めるお前のような女も大嫌いだ。そんな女を愛するなんて冗談じゃない」

「……はい」

(ガゼル様は、お義姉《ねえ》さまと勘違いしていらっしゃるのね。わたし、舞踏会に出たことないし)

いちおう訂正しておこうかと思ったが、黒髪で呪われた女である自分がガゼルに相応《ふさわ》しいわけがないし、こんなみすぼらしい女を愛することがないのは当然だと思い直す。

「しかし、そうは言ってもローガンズの魔術は目を見張るものがある。それを魔獣戦線に生かし、より一層戦線を強化するために俺は君に婚約を打診した。世紀の大天才と呼ばれる君に、な」

シャーリーはだらだらと冷や汗を流した。

（ま、魔術……どうしよう、わたし……天才なんかじゃないわ……）

「我々の間に愛はないが、利害はある。契約書に目を通してくれ」

「は、はひ。拝見します」


【婚前契約書】
・サリウス家は婚約に際して支度金として伯爵家に大金貨五百枚を送金する。
・ローガンズ家はサリウス家に戦力及び魔術技術を提供する。
・ローガンズ家の花嫁はサリウス家に相応《ふさわ》しい立ち居振る舞いをする。
以上に同意する場合は両者の署名を以《もっ》て婚約するものとする。


シャーリーは一番目の項目を見て大きなため息をついた。

（いきなり婚約だなんて不思議に思ったけど……やっぱりお金が目当てだったのね）

王族との繋《つな》がりだけが目当てではなかったということだ。

実のところ、ローガンズ家で馬車馬のように扱《こ》き使われていたシャーリーはローガンズ家の経理も担当しており、義母《はは》や義兄《あに》の浪費ぶりによって領地の経営が危ういことを知っていたのだ。

特に魔道具やドレス、宝石などの散財がひどく、中には不自然な金の流出もあった。

借用書は見つけられなかったが、恐らく父は借金をしている。

シャーリーの沈黙に何を思ったのか、ガゼルは見透《みす》かしたように言った。

「不思議に思ったか。魔術の技術提供だけのために婚約を結ぶのが」

「え、えぇ。まぁ」

(本当は別のことを考えていたけれど、言わないほうがよさそう)

こくこくと頷いたシャーリーに、ガゼルは胸襟を開いて話し始めた。

「正直、俺自身は結婚するつもりがなかった」

「そうなのですか?」

「あぁ。だが公爵家というのは色々としがらみがあってな……たまに出る社交界でも、俺の立場と権力を狙った魑魅魍魎《ちみもうりょう》が蛆虫《うじむし》のように湧いてくる。そういうのが面倒で声をかけたのが君だ」

「見せかけの婚約で面倒をとりのぞく……?」

「そうだ。話が早いな」

ガゼルはじっとシャーリーを見つめた。

「俺も社交界には疎《うと》いが噂は聞き及んでいる。ローガンズ伯爵家の令嬢は百年に一人の天才魔術師だが、その性格は高飛車な我儘《わがまま》娘で、才能を笠に着た悪女であると。そんな悪名高い君なら、見せかけの婚約でも罪悪感を抱かないと思った」

「わたしにそれを直接言うなんて……ガゼル様は正直なんですね」

「どうせ仮面夫婦になるんだ。お互い気遣いは不要だろう。君も言いたいことがあるなら言え」

義姉《あね》の評判が悪いのはシャーリーに対する態度で分かり切っていたので、驚くことではない。

魔術の腕を見せびらかして力で周りを従わせる姿がありありと想像出来る。

「分かりました。では、言いたいことを言わせていただきます」

シャーリーはすっくと立ち上がり、ガゼルの横に立った。

「な、なんだ。言っておくが俺に洗脳魔術は」

「――申し訳ありませんっ!!」

そして膝をつき、床にぶつける勢いで頭を下げる。

「効かない、ぞ……？」

一瞬の沈黙。ガゼルは困惑したように首を傾げた。

「何をしている……？」

「み、見ての通り、謝っています」

「だからなぜ謝る」

「わたしは天才ではありません。それどころか、魔術が一切使えないんです」

「……は？」

契約書を見て確信した。これ以上隠しておくことは出来ないと。

戦力増強のために魔術の技術提供？　不可能だ。そもそも魔術が使えないのだから。

「だが、君はローガンズ家の令嬢で……」

「公爵様が仰《おっしゃ》っているのは、義姉《あね》の……カレン・ローガンズのことだと思います」

「……つまり君は妹？　ローガンズ家に次女がいたのか？　そんな話は聞いたこともないが」

「わたしは『呪われた女』で、ほとんど屋敷から出たことがありませんから……恐らく、家族はわたしの存在を秘密にしていたのだと思います。たぶん戸籍も……ありません」

「呪われた……いや待て。では、なぜ伯爵は君を送ったのだ」

「お義姉《ねえ》さまはその、閣下の噂をお聞きになって……婚約が嫌だったようで。身代わりとしてわたしが差し出されました。ローガンズの血を出して、その……お子を成せばいいのだろうと」

「…………なるほど、な」

ガゼルの怒気がみるみるうちに膨れ上がり、シャーリーは震えが止まらなかった。

それはそうだろう。こんなもの、サリウス公爵家を騙《だま》したようなものだ。魔術の技術提供と戦力増強を望んでいるサリウス家に対し、ローガンズは種を残せるだけの女を送り込んだのだから。

服装だってそうだ。嫁入りする娘にこんな襤褸《ぼろ》を着させるなど、失礼にも程がある。

（お、追い出されるのかしら……でも、わたしに行くところは……）

ローガンズの家で過ごした地獄の日々が、シャーリーの脳裏に浮かんでは消えていく。

サリウス家に真実を話したシャーリーをローガンズは許さないだろう。支度金を得られず、手間だけかけさせた女に彼らが何をするか。『お仕置き部屋』で拷問が始まるのは確実だ。

「よく分かった」

「……っ」

どすの効いた声にシャーリーが身を震わせるのも構わず、ガゼルは立ち上がった。

「悪いが、契約は中止だ。少し考えさせてくれるか」

シャーリーが返事をする間もなく、ガゼルはそう言って去って行った。

(追い出されちゃうのかな……わたし、どうなっちゃうんだろう)

ようやく地獄から抜け出せたと思ったのに、自分はまだ暗闇の中にいる。

「やっぱりわたし、生きてちゃダメなのかなぁ……？　ねぇ、お母さん……」

シャーリーに応《こた》えてくれる者は、誰もいなかった。

◆◇◆◇

「どうなっている」

山鹿の剥製《はくせい》や歴代公爵の剣が飾られた執務室で、ガゼル・サリウスは唸《うな》った。

「あんな娘が来るなんて聞いていないぞ、マモン」

「私も何が何やら。確かに伯爵からは『我が娘を送る』と返事がありましたが」

眼鏡をかけた初老の執事の言葉に、ガゼルはため息をついた。

「まさか次女のほうだとはな」

最初に言葉を交わした時からおかしいとは思っていたのだ。

噂の悪女にしては物腰が低すぎるし、噂に反して礼儀正しすぎる。身なりも浮浪児のようで相当にひどい。伯爵家の馬車から降りて来るのを見ていなければ、花嫁を騙《かた》った偽物かと思っただろう。

（それに、俺のことを怖がらなかった）

今日の自分は魔獣討伐から帰ったばかりでロクに身なりも整えていなかった。

疲労も溜まっていたし、態度や口調も刺々しくなっていたはずだ。

今まで会った貴族令嬢は例外なく顔を引きつらせていたものだが……

（……まぁ、ひとまずそれは置いておくとして）

ガゼルはシャーリーの言葉を思い出す。

「存在を秘密にしていた……か。なぜだと思う？」

「東部では黒髪は魔獣の象徴と言われ、不吉なもの扱いですからな。その影響ではないでしょうか。もちろん、それだけではないと思いますが……」

悪女の身代わり、存在を隠された娘、本人の物腰の低さ、呪われた黒髪……

（武器を持っていないことは明らかだし、暗殺者の類《たぐい》ではないはず）

このことから導《みちび》き出される答えは一つだ。

「つまり……彼女は家族に虐待されていた？」

マモンは沈黙した。その沈黙が何より雄弁な答えだった。

——だぁんっ!!

思いっきり机を叩いたガゼルは唸《うな》るように言った。

「ふざけるな」

聞く者が震え上がるような声を出して、彼は目を吊り上げる。

「人をなんだと思ってるんだ。あの子は売り物か!?」

「本人もそう自覚しているのでは？」

シャーリーの瞳の中に怯《おび》えと恐怖が見えるのはそのせいだとマモンは言う。

確かにシャーリーは契約書の内容もすんなり呑み込んだし、ガゼルの本音もすぐに理解した。

(聡《さと》い子だ。根本的に悪い人間じゃないことは、話せば分かるが)

「旦那様の意向には沿っていませんね。彼らの所業は明確な契約違反です。送り返しますか？」

「馬鹿を言うな！」

虐待されていると分かっているところに送り返すなど、正気の沙汰じゃない。

伯爵家に知らせてもいいが、あちらの回答には期待出来ないだろう。

(姉の身代わりに虐待していた妹を差し出すだと……どうかしているっ！)

ガゼルは頭を抱えた。

「せめて姉のような不遜《ふそん》で傲慢な人間なら良心が痛まなかったのに」

「だから、婚約を打診する際は事前に情報を調べておけと申し上げたのです。噂だけで判断するなど言語道断。何度も申し上げておりますが、旦那様は直情的に動きすぎるきらいがあります」

「サリウス家に求められるのは護国の剣であり盾。政治の場を生き抜く知恵ではない」

「政治の力でしか守れないものも確かにあるのですよ」

「………次から気を付ける」

ばつが悪そうに目を逸らしたガゼルに、マモンは生暖かい目を向けた。

「短気で怒りっぽいようで、根は熱く素直。この良さが少しでも誰かに伝わればいいのですが」

「うるさい黙れ」

マモンは肩を竦《すく》めた。

「それで、彼女の処遇はいかがいたします？」

「……ひとまず保護だ。もし彼女が出て行きたいと言えば手配をし、当分遊んで暮らせる金をくれてやれ。このままここに残りたいとは……まぁ言わんだろう」

なにせサリウス家は魔獣戦線を担当する北方守護の要《かなめ》。自分を怖がらなかったことには驚いたが、この屋敷にいても淑女が楽しめるような娯楽は何もないし、屋敷の近くで魔獣と戦うこともしょっちゅうある危険な場所だ。そのうち嫌気が差して出て行くに決まっている。

「かしこまりました。ではそのように」

マモンは恭《うやうや》しく一礼した。

◆◇◆◇

ガゼルが去ったあと、シャーリーは頭を抱えていた。

「ほんとにどうしよう……婚約出来なかった……」

公爵側の条件を知らなかったから仕方ないとはいえ、だ。

元々自分は花嫁としてここにいるのであって、婚約出来なければいる意味がない。公爵家としては、魔術も使えない呪われた役立たずなど早々に去ってもらいたいというのが本音だろう。

(でも……あそこには戻りたくない)

実家に戻っても居場所はないし、むしろ婚約が出来なかったことで折檻《せっかん》を受けそうな気がする。

そもそも父の目的はお金だから、門前払いをして送り返される可能性すらある。とはいえ、この家にタダで世話になっているわけにもいかず……

「そうだわ。使用人として働かせてもらうのはどうかしら」

ぽん、とシャーリーは手を叩いた。

使用人としての技術なら実家にいたころに一通り身につけている。

花嫁になれないのは残念だけれど、あそこに戻るよりはマシだ。

「そうと決まれば善は急げだわ。役に立つってところを見せないと!」

落ち込んでなんていられない。思い立ったシャーリーはすぐに廊下へ出た。

それほど歩かないうちに侍女を見つけて声をかける。

「あ、あの」

「はい? あ、さっきの……」

シャーリーを見た侍女の目がみるみるうちに冷たくなった。

「何か?」

「え、えっと。その、何かお手伝いするようなことはないでしょうか?」

「あいにくと私共の仕事は間に合っております。お引き取りください」

「え、えっと。手が回っていないところとか……」

すると侍女はため息をつき、投げやりに言った。

「では、外の掃除でもすればどうですか」

「分かりました。モップとバケツはどこにあるでしょうか？」

「あちらにありますけど」

「ありがとうございます！」

「……何を企《たくら》んでるんだか。旦那様に報告しないと」

去り際にそんな声が聞こえてきたが、シャーリーは無視した。

とにかく今は自分が少しでも役に立てるところを見せて、使用人として雇ってもらうのだ。

侍女に言われた場所で道具を借り、外へ出て掃除を始める。

「まずは外壁の掃除ね。意外と面倒くさいもの」

屋敷の中から窓を拭くことはよくあるが、外の掃除は出来ていないことが多い。

公爵家のような城砦《じょうさい》ならなおのことだろう。

シャーリーはめいっぱい腕を伸ばして、モップで汚れを落としていった。

要塞としての役割も兼ねているのか、ところどころ外壁が魔獣の血で汚れている。黒くこびりついた血を落とし、黒灰色の綺麗な壁が見えるのはなかなかに気持ちいい。

「うんしょっと……ふふ。綺麗になった」

掃除をしていると他のことを考えずに済んで気が楽だ。

思った通りかなり汚れが溜まっていて、掃除し甲斐がある。

手が届く範囲の掃除を終えると、今度は高いところの汚れが目につく。

一度やり始めるとどうしても気になって、台座を借りることにした。

「よし。これで高いところまで届くわ。わたし、頑張っちゃうんだから」

あの家に戻らないためにも、なんとしてもこの家で役に立てることを証明しなければならない。

シャーリーは自分が思った以上に実家を嫌っていることに気付いた。

(お母さんだけじゃなく、アニタにひどいことをしたんだもの。許せないわよね)

アニタとは、母が死んでから自分の面倒を見てくれた侍女だ。

地下牢にいたシャーリーに礼儀作法や食事のマナーなどを教えてくれた。

母代わりで優しかったアニタが大好きだったのに、ある日、アニタは父に解雇されていなくなってしまった。きっと父のことだから、紹介状を書くこともしていないだろう。

いきなり路頭に放り出された彼女を思うと気の毒でならない。今は元気にしているだろうか。

ともあれ。

「わたし、ここで頑張りたい。だか、ら、今はおそうじ……!」

窓の上部に張られていた蜘蛛《くも》の巣を、箒《ほうき》を伸ばして取ろうとするシャーリー。

台座の上に乗り、箒《ほうき》の柄《え》を持って精一杯手を伸ばすもののなかなか取れなくて、

「もうちょ、とって、うゎ!?」

台座の上でバランスを崩してダメなほうに身体が傾いてしまう。

あわや落下を覚悟したシャーリーだが、横から大きな手が伸びてきて。

「大丈夫か」

「あ、はい。ありがとうございま……って公爵様⁉」

シャーリーを支えてくれたのはガゼル・サリウス公爵だった。

婚約を保留されて公爵家での立ち位置が曖昧《あいまい》なシャーリーは、何を言っていいのか分からなくて口をパクパク開け閉めしてしまう。

「あの、えっと……」

ガゼルはシャーリーとモップを交互に見て眉間に皺《しわ》を寄せた。

「侍女から聞いて来たのだが……本当に掃除をしていたのか」

「は、はい……あ、あのっ、わたし……」

台座から下りて、シャーリーはガゼルを見上げる。

ごくりと唾を呑んで、拳《こぶし》を握った彼女は意を決して言った。

「あの、今回の婚約のお話は、その、保留という話でしたけど」

「あぁ。君には悪いことをしている」

「い、いいえ。わたしは別に……ってそうじゃなくて」

あたふたと両手を動かし、続きを口にする。

「あの、花嫁じゃなくて……使用人として雇ってもらえないでしょうか？」

「君を？」

「はい。見ての通り、お掃除は得意です。侍女のお仕事は一通り出来ます。見た目は少し……不気味かもしれませんが。その、い、いかがでしょうか。わたし、頑張りますので！」

ガゼルはシャーリーをじっと見つめ、冷たく言った。

「悪いが、使用人なら間に合ってる。君が侍女になる必要はない」

「え……」

かたり、とモップが地面に倒れた。

◆◇◆◇

（どうしたものかな）

捨てられた子猫のように肩を落とすシャーリーを前に、ガゼルはがしがしと乱暴に頭を掻いた。

諦念と絶望。自分のすべてを諦めた目で彼女は呟《つぶや》く。

「そうですよね……わたしなんかがいても迷惑ですよね」

「いや……」

口下手な自分がこれほど恨めしいと思ったことはない。

別に彼女を使用人として雇ってもいいのだが、そうするとローガンズの顔に泥を塗ることになるし、そもそも彼女が使用人として働いて幸せになるとも思えなかった。

（実家の虐待からようやく解放されたんだ。せめて安らかに過ごしてもらいたいものだが）

直接聞いてこそいないものの――いや、聞いていないからこそだ。

辛い状況をおくびにも出さず、まっすぐ自分に出来ることをしているシャーリーは人として好ましく思う。だからこそ、ガゼルもなんとかしてやりたいと思うのだが……

(今さら婚約……してもいいが、こんな俺と婚約しても嬉しくないはずだ)

自己評価が低い分、ガゼルは婚約の話が出来ずにいた。

かといって、このまま宙ぶらりんでは彼女の立場がない。

(あぁ、困った……本当にどうしたものか)

「公爵様?」

「あ、あぁ。いや、そうだな……うん」

「あの、ご迷惑でしたら出て行きますので、遠慮なく言ってくれれば……」

「いや、それはダメだ」

シャーリーを一人で放り出すなんてとんでもない。

ただでさえサリウス領は魔獣が頻出し、治安がいいとは言えないのだ。

彼女自身が望むならともかく、ガゼルの側から追い出すという選択肢はない。

と、その時だ。

「僭越《せんえつ》ながら、私が提案させていただいてもよろしいでしょうか?」

二人の様子を見守っていたのか、筆頭執事《マモン》が後ろに立っていた。

マモンはシャーリーに微笑み、一礼する。

「自己紹介が遅れて申し訳ありません。私、筆頭執事のマモンと申します」

「あ、シャーリー・ローガンズです。よ、よろしくお願いします！」

「もちろん存じております。ガゼル様、続きを話しても？」

「許す。言ってみろ」

「はい。シャーリー様には婚約者候補として滞在していただくのはいかがでしょう」

「候補？」

「はい。婚約だと先の契約違反がありますから、お互いに気後《きおく》れするかと思います。まずは候補として三ヶ月間、屋敷に滞在していただき、お互いに相手を気に入れば正式に婚約する。合わなければ別れる。そうすれば、屋敷内で曖昧《あいまい》なシャーリー様の立場も確立されるかと」

「なるほどな」

妙案だとガゼルは思った。

今のままだと契約違反だから、サリウス家としてはシャーリーを受け入れられない。故《ゆえ》にまずはシャーリーを保護し、一時的にローガンズ家の顔も立てるということだろう。使用人たちも客分として接しやすい。問題はシャーリーがこの家を出て行くと決めた時だが……

それはその時に考えればいい。

（ローガンズ家にせっつかれても、三ヶ月なら誤魔化せるだろう）

「俺はいいと思うが、君はどうだ？」

「婚約者候補……わ、わたしでいいんですか？」

「あぁ」

同情を差し置いても、ガゼルは決してシャーリーが嫌いなわけではない。

人としてはむしろ尊敬していると言ってもいい。

(虐待されてきたにもかかわらず、こうもまっすぐな人間はそういないからな)

「それで、どうする?」

ガゼルが目を向けると、シャーリーは意を決したように頷き、姿勢を正して深くお辞儀する。

「わたしでよければ、そのお話、ぜひ受けさせてください」

「決まりだな」

ガゼルは頷いた。

「今日から君は俺の花嫁候補だ。まぁ、最初は友人のように気楽に接してくれ」

「お、お友達……!」

「……もちろん、嫌なら別に——」

「い、いえ! お友達、なります! なりたいです!」

「そ、そうか」

「はぁあ……夢みたいです……わたしにお友達が出来るなんて……」

感極まったように目元を潤《うる》ませ、

「あの、不束者《ふつつかもの》ですが、どうぞよろしくお願いいたします」

「あぁ、こちらこそ」

お友達……と夢心地に呟《つぶや》きながら、口元をもにょにょと動かすシャーリーだった。

◆◇◆◇

「――というわけで、正式な婚約者にはならなかったが、シャーリーは今日から三ヶ月間この屋敷に住むことになった。皆、この家にいる間は彼女を女主人だと思って接してくれ」

「「かしこまりました、旦那様」」

改めて玄関ホールに使用人を集めてガゼルは言った。

先ほども挨拶《あいさつ》はしたものの、ガゼルの口からローガンズが契約違反をしたこと、シャーリーに非はないことは言い含めているらしい。使用人たちの大半はすんなり受け入れてくれたようだが、隣にいるシャーリーは大勢の視線を受けて心臓が爆走していた。

「よ、よよよ、よろしくお願いします」

「では解散。各々仕事に戻ってくれ」

使用人たちは綺麗に一礼し、散り散りになって去って行く。

彼らのうち二人をガゼルは呼び止めた。

「イリス、イザベラ。少しいいか」

「「はい」」

ガゼルが呼んだのは綺麗な赤毛の侍女と、銀髪と褐色の肌を持つ女騎士だ。

ふと、侍女のサファイアブルーの眼差しがシャーリーの記憶を刺激する。

年の頃は十七、八歳だろうか。自分と変わらないながらも、大人びた顔立ちだ。

（あれ……この人、どこかで会ったような……）

「ローガンズ嬢。この子はイリス。今日から君の専属侍女になってもらう」

「じ、侍女……!?　わたしに侍女がつくのですか？」

「婚約者候補なのだから当然だろう。身の回りのことを手伝ってもらえ」

「イリスです。よろしくお願いしますね」

「ふぁぁわわわ……え、えっと、シャーリー・ローガンズです。よろしくお願いしますっ！」

シャーリーは深くお辞儀した。

「そしてこちらがイザベラ・エッケルト。君の護衛騎士についてもらう」

「どうも」

ぶっきらぼうなイザベラは翠色《エメラルド》の瞳で不満そうにシャーリーを見ていた。

二十歳前後だろうか。背は高く出るところは出ていて、後ろで髪をひとくくりにしている。

「あの……わたし、何かしましたか？」

「何も。ですが、あなたはローガンズだ。ローガンズの悪女など生きているだけで……」

「イザベラ」

びくッ!!　とイザベラはどすの効いた声に肩を跳ねた。

何が気に障ったのか、ガゼルはシャーリーも想像しなかったほど怒っているようだった。

「次に言ったら君を騎士団から除名する。いいな」

「は、はい……申し訳ありません」

「君の気持ちも分かるから、一度目は許す。イリス、イザベラのこと、よく見ておけ」

「かしこまりました」

「では俺は仕事があるから先に失礼する。あとは任せたぞ、二人とも」

ガゼルが立ち去ると、イリスは優しくシャーリーに微笑んだ。

「さぁお嬢様。こんな分からず屋馬鹿のことは気になさらず、一緒にお風呂に行きましょう」

「お、お風呂……」

「お着替えも用意していますからね」

そういえば、まだローガンズ家で着ていた襤褸《ぼろ》を纏《まと》ったままだった。今さらそんなことに気付いて、シャーリーの顔がかぁっと熱くなる。恐る恐る、イリスの手を取った。

「あ、ありがとうございます……」

「敬語は不要です。あなたは私たちの主《あるじ》になるんですから」

「でも、まだ婚約者候補だし……」

「でももだってもありません。いいですね？」

「は、はい……イリスさん」

だが、イリスはにっこりと笑って動かない。シャーリーは慌てて言い直した。

「わ、分かったわ……その、イリスさ……イリス？」

「よく出来ました」

口の端を少しだけ上げた満足そうな笑みに、シャーリーの頭に親しい侍女の顔が浮かんだ。

「イリス……あの、どこかで会ったこと……ない、よね？」

ここに嫁ぐまでローガンズ邸から出たことがなかったシャーリーに、サリウス家の侍女と知り合う機会などない。そう分かっているのにシャーリーはイリスの顔に見覚えがある気がした。

「お嬢様が感じられたのは、恐らく母の面影でしょう」

「母の……？」

「ええ。アニタ、と言えば分かりますか？」

「アニタ⁉」

シャーリーは飛び上がった。

「あなた、アニタの娘なの？」

「はい。シャーリー様の話は母からよく聞かされておりました」

イリスの話によると、アニタはローガンズ伯爵家に解雇されたあと、なんらかの縁でサリウス公爵家に流れ着いたらしい。今は腰を痛めて南にある故郷で静養しているという話だった。

「お嬢様」

イリスはシャーリーの前で膝をつき、優しく手を取った。

「ずっとお待ちしておりました。よくぞ耐え忍びましたね」

「ぁ」

優しい微笑みに、心が決壊する。

（ダメ。泣いちゃダメ。婚約者候補として振る舞わなきゃ、追い出されちゃう）

シャーリーは目の縁に浮かんだ涙を拭《ぬぐ》い、イリスに笑いかけた。

「ありがとう……アニタは、元気？」

「ピンピンしていますよ。今でも口うるさいので、あまり実家に帰らないんです」

「ふふ。そう、相変わらずなのね。よかったぁ……」

アニタという共通の知人を得たことで、シャーリーはすっかりイリスに心を許してしまう。

心の距離をすっと縮めてくれるような気安さに、自然と頬がほころぶ。

――生まれて初めて入るお風呂は、死ぬほど気持ちよかった。

◆◇◆◇

ふわふわと、頭がぼんやりしていた。

初めてのお風呂で湯あたりしたのか、今、現実にないものが見えている。

「イリス……鏡の中に知らない人がいるわ」

「あなたのお姿ですよ、お嬢様」

「これは、夢……？」

「いいえ、現実です」

「嘘よ。イリス。わたし騙《だま》されないんだから」

「嘘じゃありません」

「だって、こんな……」

客室の姿見に映る女の人は浮世離れした姿をしていた。

夜を秘めた黒い髪がきらきらと艶《つや》めき、銀河のように腰まで流れている。

顔立ちは端正で、ふっくらとした唇は薄い口紅、傷ついた肌はお化粧で隠されている。くびれのある身体のラインを魅せるタイトなドレスを身に着け、幼さと美しさが同居しており、しかも、身体からは嗅いだことのない芳香が漂《ただよ》っていた。

「これが、わたし……？」

「まだ信じられませんか？」

「だって」

「では、夕食の席に参りましょう」

イリスに導《みちび》かれて、長い廊下を歩いていく。

初めて着るドレスはひらひらして歩きづらくて、掃除には向いてなさそう。

何度も何度も憧《あこが》れたドレスなのに、余計なことを考えないと歩けない。

現実感が伴わないまま、シャーリーはゆっくり、ゆっくり歩いていく。

（……そうだわ。これは夢。夢なのよ）

夢ならば仕方ない。全力で楽しもうじゃないか。

自分を納得させたシャーリーが食堂へ着くと、既に夕食の準備がされていた。

大テーブルの左右に使用人が控え、テーブルにはガゼルが座っている。

一歩、シャーリーが足を踏み入れると、
がたんっ!!

と、ガゼルは音を立てて立ち上がった。

「……っ」

紅色の瞳が驚きに染まり、シャーリーを凝視する。

着慣れない姿をまじまじと見られるのに耐えられず、シャーリーは赤面した。

「あの、公爵様……?」

「……」

「公爵様?」

ガゼルは無言だった。ありていに言えば固まっていた。

シャーリーがちょっと身体を傾けても視線の位置が変わらなかった。

ごほん、と筆頭執事《マモン》に咳払いされてガゼルは我に返る。

「あ、あぁ……ローガンズ嬢。さっぱりしたか」

「えぇ。おかげさまで。ドレスまで貸していただきありがとうございます」

「いや……」

ガゼルは一向に目を合わせようとしなかった。

(わたしがこんな綺麗な服を着ても、似合わないわよね……やっぱりこれは夢なのよ)

夢の中でくらい褒められてみたかったとシャーリーは肩を落とした。

「ん、んんッ」

マモンが大きな咳払いをした。

じとりと、湿り気のある視線を向けられてガゼルの身体がびくりと揺れる。

「あ、あぁー……その、だな。ローガンズ嬢」

「……はい」

「その……見違えたな」

「……それは、どういう？」

「あー、だからな」

ガゼルは口元に手を当て、目を逸らしながら言った。

「つまり……そういうことだ。分かれ」

どういうことだろう、とシャーリーは首を傾げた。

使用人たちの呆れたような視線が公爵に突き刺さる。

「本当に我が主《あるじ》は……これだから」

「普段は頼りになるのにこういう時は情けなく見えますよね」

「一言くらい言えばいいのに。だから婚約者がみんな逃げていくんですよ」

「えぇい、うるさいぞお前たち！」

使用人たちとの距離が近いガゼルに、シャーリーはくすくすと微笑んだ。

実家では絶対に見られなかった光景だ。なんて温かいんだろう。

「うるさいと言うことは自覚があるということですね」

「さっさと行ってこいヘタレ公爵様」

「……いいだろう。そこまで言うならやってやるとも」

どすの効いた声で呟《つぶや》いたガゼルである。

彼は突然黙り込み、じっとシャーリーを見つめた。

「……」

黙り込むこと数秒。深呼吸した彼は口を開く。

「……綺麗になったな。シャーリー」

「え」

ごほん、と咳払いして目を逸らす。

「妖精のように美しい黒髪も、愛らしい顔立ちも……全部綺麗だ」

顔を背けた彼は照れるように頭を掻いた。

「君が来てくれて嬉しい。今夜は存分に楽しんでくれ。それと……俺のことはガゼルでいい」

綺麗、綺麗、綺麗……頭の中で反響する言葉に、かぁぁああ、と顔が熱くなった。

ドレスの裾をきゅっと握って俯《うつむ》くシャーリーの心臓が、どくんどくんと高鳴っている。

「さぁ、お嬢様。食事にしましょう」

「うん……」

シャーリーが席に座ると、ガゼルが手を叩いた。

「では食事を頼む」

次々と料理が運ばれ、色とりどりの料理がテーブルに並ぶ。

ルナール草とチーズのキッシュに、アングラ魔牛のステーキ、かぼちゃのポタージュ、生ハムのルドラ仕立て、季節野菜のサラダ、焼きたてのパンに、エトワール貝の煮つけ……などなど。

知識でしか知らない料理の数々にシャーリーは目を回した。

「す、すごい……あの、これすべて今夜の食事ですか？」

「あぁ。遠慮しなくていいからな。おかわりもあるぞ」

「おかわり！　な、なんとそれは……あの、おいくらなのでしょうか」

「金は取らんぞ」

そう言われ、シャーリーは恐る恐る食事に手を付けていく。

「すごい……料理って温かいんですね。火傷《やけど》しちゃいそうです」

「当たり前だろう。冷めた料理もあるが……メインは温かいものに限る」

「そうなんですね」

しみじみと頷くシャーリーにガゼルは眉根を寄せた。

「……ちなみに、伯爵家ではどんなものを食べていたんだ？」

「あの……基本的に、残飯を漁《あさ》っていて……これといったものは……」

「は？」

怒気を孕《はら》んだ声に、シャーリーは慌てて両手をぱたぱたと動かした。

「あ、や、違くて、食事はちゃんともらっていました、よ？　パンは冷たくてカビが生えていましたけど、焼いたら食べられないこともないし、スープも、とてもとてもあっさりしていて！」

食堂の空気が凍り付いていた。

先ほどまで和《なご》やかな雰囲気だったのに、自分のせいで白《しら》けてしまったことが申し訳なくなる。

シャーリーはしょぼん、と俯《うつむ》いた。

「あ、あの……ごめんなさい……わたし……」

「君が謝ることではない」

ガゼルが心なしか強い口調で言った。

周りの使用人たちも同意するように頷く中、変な空気を変えるようにお皿が差し出された。

「シャーリー様、こちらのキッシュはいかがでしょう。チーズの風味が豊かで美味《おい》しいですよ」

「あ、ありがとう、マモンさん」

老執事に礼を言いつつ、シャーリーはカトラリーを手にもたついてしまう。

アニタからナイフとフォークの使い方を教わったけど、もうずいぶんと前のことだ。ガゼルのような優雅な食べ方が分からず、お皿をじっと見つめていると、察したイリスが近づいて来て、「お嬢様。ここはこうですよ」と教えてくれた。

「イリス……」

「私が付いていますから。ゆっくり覚えていきましょうね」

シャーリーは小声で問いかけた。

「あの、その、ガゼル様は呆れないかしら。料理の食べ方も分からないなんて……」

先ほどシャーリーが答えてから、ガゼルは何やら険しい顔をして自分を見ている。

「大丈夫です。公爵様は料理の食べ方一つで女性を判断はされません」

「ほんとう？」

「えぇ。あれはお嬢様ではなくご実家のくそったれ共……失礼。人の知能を失くした猿……失礼。とにかく、まったく違うことを考えておいでなのです」

「そ、そっか。それなら良かったわ」

(あれ、良いのかしら？　ガゼル様はご実家と仲が悪いのかしら？)

そんな的外れなことを考えながらシャーリーは食事を進める。

「この草、シャキシャキして美味《おい》しいですね！　ソースも甘くて酸っぱくて美味《おい》しいです！」

「サラダが気に入ったか。これはチーズをもとにしたソースだな」

「この……ピンク色の薄いのも、すごく美味《おい》しいです。煙の匂いがします。わたし好きです」

「自家製の生ハムだ。気に入ったなら持ってこさせよう。おい、在庫全部持ってこい」

「かしこまりました。お嬢様、付け合わせにメロンもいかがですか？」

「そ、そんなに食べられませんっ！」

なぜかガゼルや使用人たちがこぞって食べさせようとするので、シャーリーは嬉しいやら断るのが申し訳ないやら大変だ。そうしてメインを食べ終わり、最後にデザートが出てくる。

「木苺とピスタチオのムースでございます」

「わぁっ！　ケーキだわ！」

ぱぁあ、とシャーリーの顔が輝いた。

「好きなのか？」

「はいっ、実家ではケーキはもらえなかったんですけど、お茶会の後片付けをする時にデザートが残っていることがあって、わたし、そこでケーキを食べるのが生き甲斐だったんです！」

「生き甲斐、か」

「はいです！」

周りの使用人が涙ぐんでいるのは気のせいだろうか。

首を傾げたシャーリーだったが、甘い香りに誘われてケーキに意識を戻す。

赤や緑のムース、スポンジなどが五層にもなったケーキは見るだけで楽しく、心が弾んでしまう。

「シャーリー。俺のも食べるか？」

「え？　え？　でも、いいんですか？」

「あぁ、俺はもう腹がいっぱいなんだ」

シャーリーはガゼルとケーキと見比べて、困ったように笑った。

「あ、ありがとうございます……でも、その……出来たら、一緒に食べたかったです」

「え」

「誰かと一緒にご飯を食べるの初めてだから……ちょっとだけ、残念……あ、でも、平気です。ガゼル様が困ってらっしゃるなら、わたし、いくらでも食べちゃいますから！」

「いやすまん。急に腹が減って来た。やはり俺が食べよう」

「そうですか？」

慌てたように皿を戻すガゼルに、シャーリーはふわりと笑った。

「……えへへ。よかったぁ」

「……っ」

突如、ガゼルはテーブルの上に突っ伏した。テーブルに顔を押し付けて表情は見えないが心なしか耳が赤い。マモンとイリス、他の使用人たちも口元を押さえて目を逸らしている。

（どうしたのかしら？　でも、何も言わないってことはおかしくないってことよね？）

イリスは間違っていたらちゃんと教えてくれるはずだ。気にしなくていいだろう。

そう思い、シャーリーは公爵家で食べる初めてのケーキを満喫することにした。

一生の宝物になるような、夢のようなひと時だった。

◆◇◆◇

地下牢はいつだって肌寒かった。凍死されては困るからと天井に設置された魔道具があったけれど気休めにしかならなくて、薄っぺらな布一枚で過ごす夜は凍《こご》えるようだった。肌を這う虫は何度払い落としてもやって来て、時折シャーリーの肌を噛んでいった。

朝起きると、前の日に汲んでいた井戸の水で顔を洗い、地下牢を出て本邸に向かう。厨房の竈《かまど》に火をつけ、朝食の下ごしらえをしてから料理長や侍従長を起こしに行き、窓拭きや掃き掃除が終わったら伯爵家の面々を起こす。この時に埃《ほこり》一つでも残っていたら死ぬほど頬を叩かれるから、シャーリーの仕事はいつだって命懸けだ。伯爵家の面々が食事を取っている間に届いた手紙を読み、伯爵が仕事をしやすいように仕分けして、領地運営の雑務を終わらせる。

すっかり日が昇ったら食事の時間。カビの生えたパンと冷たいスープを渡される。けれどそんなものじゃ到底足りないから、暗い倉庫の中に入り、雑用仕事の合間にこっそり盗んだ残飯にかぶりつく。とても美味《おい》しいとは言えないけれど、飢え死にするよりはマシだ。

ずっと孤独だった。いつだってシャーリーの心は冷え切っていた。

毎日朝が来るのが嫌で、お茶会で残ったお菓子を食べることだけが生き甲斐だった。

『お前は呪われた女よ。存在自体が罪なの』

『気持ち悪い黒髪しやがって。お前が生きていることが不思議でならないよ』

『喋《しゃべ》るな、囀《さえず》るな。魔術を使えないゴミが邪魔をするな。お前は一生ローガンズの奴隷なのだ』

――わたしは、生きていちゃいけないの？

何も悪いことしてないのに。ただお母さんと一緒に暮らしていたかっただけなのに。

誰か、助けて。

もう嫌なの。苦しいの。辛いの。

もうこんな生活は嫌なの。殴られたら痛いし、涙が出るの。誰か、お願い――

「――様」

「……ん」

「――お嬢様、起きてください。朝ですよ」

「…………ん？」

ぱちり、と目が覚めた。

目の前に自分の顔を覗《のぞ》き込む、見慣れない侍女の姿があった。

「おはようございます。昨夜はよく眠れましたか？」

「……イリス？」

「はい。あなたの専属侍女。万能メイドのイリスですよ」

「そう……イリスはすごいのね」

「そうなんです。……まだ、寝足りませんか？」

「うみゅ……大丈夫……起きるわ……」

寝ぼけ眼《まなこ》をこすりながらシャーリーは起き上がり、ぼんやりとイリスを見た。

「そうだ、わたし、ガゼル様のお見送りしないと……こんにゃくしゃ候補だから……うみゅ……」

「旦那様はもうお仕事に出かけましたよ。準備が出来たらお昼にしましょう」

「も、もうそんな時間なの？」

シャーリーは飛び起きた。

「ぐっすりお休みでしたから、起こすに起こせなかったんですよ」

くすくすと笑うイリスだが、シャーリーは気が気ではない。

（婚約者候補としてちゃんとしなきゃ、ガゼル様に嫌われちゃうのに……）

「わ、わたし、明日から日の出前に起きるわ」

「大丈夫ですよ。旦那様はそれくらいで気を悪くするような方ではありませんから」

「あぅ……そうかしら……」

自分の心情を正確に読み取られ、シャーリーは赤面する。

イリスに背中を支えられながら化粧台へ行くと、彼女はゆっくり髪を梳《す》いてくれた。

イリスは手を動かしつつ、微笑みながら言った。

「それで、今日は何をするのかしら？」

「はい。お嬢様には夫人教育を受けてもらうよう旦那様から仰《おお》せつかっています」

「夫人教育……礼儀作法やマナーについての勉強ね？」

「ダンスや社交、領地経営のことについても、ですね。それはまだ先になりますが」

「……そう、なのね」

（わたし、まだ婚約者候補なのに、教育なんて受けてもいいのかしら？）

婚約者候補と言い出したのはガゼルだけれど、彼がそんなことを望んでいるのだろうか。

友人のように気楽に過ごしてくれ、と言っていたのは彼本人なのに。

「本当にガゼル様が仰《おっしゃ》ったの？」

「えぇ、もちろんですよ」

イリスが澄まし顔で言うので、シャーリーはそれ以上突っ込まなかった。

（つまり、夫人教育を受けさせることで公爵人としての適性を見極めようってことね？）

もしもこの教育で適性なしと判断されたら、追い出されるに違いない。

シャーリーは絶対に手を抜かず、一生懸命やり切ることを決意する。

「最初はゆっくりでいいですからね。焦らなくて平気ですから」

今日のところは食事作法のマナーらしい。部屋の外で待っていた護衛のイザベラと共に食堂に赴《おもむ》き、実際に昼食を食べながらマナーを勉強する。今回の講師は男爵家出身だという侍女だった。優しく教えてくれたので、シャーリーもリラックスしながら学ぶことが出来たと思う。

「シャーリー様、その節は本当に申し訳ありませんでした。あんな態度を取ってしまい……」

「え？　あ、あぁ、いいのよ。気にしないで。当然の反応だわ」

教育係の侍女は、シャーリーが掃除道具の場所を聞いた時に冷たかった侍女だった。

正直なところあんな扱いに慣れすぎて忘れていたのだが、シャーリーは口には出さない。

しかしその謙虚な姿勢に感銘を受けたのか、侍女とイリスは何か話し合っていた。

「イリスさん、もうこれ決まりでは？」

「もちろん、私はそのつもりです。公爵家の使用人全員で育てましょう」

「磨けば光る原石ですものね。腕が鳴りますわ……！」

「二人とも、何を話しているの？」

食事を中断したシャーリーが首を傾げると、二人はいい笑顔で言った。

「シャーリー様が可愛すぎるというお話をしていました」

「えぇ、私が殿方なら放っておきませんわ」

「そ、そうかしら……えへへ、ありがとう……」

お世辞だと分かっているが、それでも嬉しくなる。

イリスが夫人教育はゆっくりと言ったのは本当のことで、今日は食事作法だけで終わってしまった。基本は出来ていると褒められたので、あとは状況に応じた食事の仕方を覚えていくだけだ。

「……これから何をしたらいいのかしら」

昼食を終えると、途端にやることがなくなってしまった。

「普通のご夫人方は何をしているの？」

「読書や刺繍《ししゅう》、買い物を楽しんだり、吟遊詩人の歌を嗜《たしな》んだり、でしょうか。何かご興味は？」

「そうね……読書は好きだけれど……」

公爵家にも膨大な書物が保管されているらしいから、ぜひとも見てみたい。

ただ、シャーリーは婚約者候補であって、公爵夫人ではない。

機密文書などもあるだろうから、下手に入らないほうがいいだろう。

(やっぱり掃除をすべきじゃないかしら？)

ガゼルに使用人として働くことは拒否されたものの、掃除をしてはダメだとは言われていない。

婚約者候補といえど、働かざるもの食うべからず。

逆に言えば、働けばご飯がもらえるということだ。

（もしかしたらケーキももらえるかも……）

じゅるりと食欲が疼《うず》いたシャーリーは立ち上がった。

「よし、掃除をするわ。イリス、道具はどこかしら」

「掃除道具なら道具部屋のほうに……って待ってください。掃除をする気ですか⁉」

「えぇ。やっぱり働かないと落ち着かないもの」

「掃除は使用人の仕事です。やることがないなら、のんびりするだけでも……」

「ずっとこうやって過ごしてきたから、落ち着かないの。お願い」

「しかし……」

「――本人がやりたいと言っているんだ。やらせてはどうだ、イリス」

二人の会話に割り込んできたのは、部屋の隅に待機していたイザベラだ。

護衛騎士の彼女は冷たい目でシャーリーを見ながら鼻で笑った。

「奥方が望むことを実現するのがお前の仕事だろう。違うか？」

「それは、そうですが……いえ、それとこれとは話が」

「さぁ、ローガンズ嬢。道具部屋はこちらです。ご案内します」

「まぁ、ありがとう」

「イザベラ、待ちなさい！」

最初はイザベラに冷たくされるのが不思議だったけれど、今となっては納得する。

きっと彼女はガゼルがシャーリーを奥方に望んでいないのを知っていて、政略結婚で婚約しようとしたガゼルを思うからこそ冷たく当たっているのだろう。まぁ冷たいとはいっても、ローガンズ伯爵家に比べればなんてことはないので、シャーリーはイザベラの態度に文句はなかった。

しかし……

「こちらが掃除用具です。好きなだけお使いください」

「ぁ」

イザベラに案内された部屋を見た瞬間、シャーリーの顔は蒼褪《あおざ》めた。

箒《ほうき》の持ち手に紅色の魔石が付いている。

「これは、その……魔道具なの？」

「もちろんです。それは自動でゴミを吸い取ってくれるものですね。今どき、掃除用具に魔道具以外のものを使っている人なんていませんよ」

「……あの、昨日使ったモップとかは」

「あれは廃棄予定の掃除用具でしたので、こちらの魔道具を使ってください」

魔道具は魔獣から採取出来る魔石を動力源に、魔術式に従って動く道具の総称だ。

魔術の名門であるローガンズ家でも、魔道具の特許をいくつも所有している。

麦畑で魔道具が使われていたように、日々の生活に魔術があることが当たり前になってきた。

（でも、わたしは……）

魔道具を凝視しているシャーリーを見て何を思ったのか、イザベラは嘲《あざけ》るように言った。

「やはり由緒正しきローガンズの令嬢は掃除など嫌ですか？」

「……っ」

シャーリーはきゅっと拳《こぶし》を握った。

――言わなきゃ。でも、そうしたら、わたしは。

「まぁ仕方ありませんね。結局あなたは口だけで、ただ印象を良くしようする悪女――」

「イザベラ」

どすの効いた声に、イザベラはビクッ！　と肩を跳ね上げた。

振り向けば、二人を追いかけて来たイリスがにっこりと笑って立っている。

けれどその目は、びっくりするほど冷たかった。

「イザベラ。侍従長として命じます。今すぐ、お嬢様から、離れなさい」

「い、いや、私は……イリス、君も旦那様も騙《だま》されてるんだ。この女は――」

「護衛騎士の任、旦那様に再考していただきます」

イリスはぴしゃりと告げた。

「私が言っている意味……分かりますね？」

「わ、分かった。分かったからそう怒るな……私はただ、ガゼル様を思ってだな……」

冷たく見つめる同僚の圧に耐えられなかったのだろう。

イザベラは「すまん」と呟《つぶや》き、とぼとぼとした足取りで去って行く。

深く長いため息をついたイリスは、シャーリーに頭を下げた。

「申し訳ありません。お嬢様。イザベラが失礼を……」

「う、ううん。大丈夫。わたし……掃除が嫌なわけじゃないから」

けれど、そろそろ誤魔化しておくのも辛くなってきた。

シャーリーはきつく目を瞑《つぶ》って、意を決したように顔を上げる。

「イリス、この魔道具は……その、壊れてもいいものかしら？」

「はい？　あ、そうですね。そろそろ古くなっていますから交換しようかと思っていました」

「そう。なら、ごめんなさいね」

シャーリーは魔道具に手を伸ばす。「お嬢様、掃除は——」とイリスが言いかけたその時だ。

——パリンッ!!

「は？」

魔道具についた魔石が粉々に砕け散る。

その破壊はやがて道具全体に広がり、箒《ほうき》は腐り落ちるようにボロボロになった。

イリスは愕然と目を見開いている。

「これは……どういう……」

「わたしは『呪われた女』だから」

シャーリーはイリスの目を見てまっすぐ言った。

「わたし、魔術が一切使えないの。魔道具も、触ったら壊れちゃう」

オータム王国は別名、魔術大国と呼ばれている。

その魔導技術は対魔獣駆除を始め、馬車や運送、掃除などの日常にも及び、優劣の差はあれ、魔術が使えない者はほとんどいないと言っていい。ましてや、魔道具が使えない者は皆無だ。

果たして、魔術の名門であるローガンズからそんな女が生まれたらどうなるか。

「だから、お嬢様は……」

「うん。隠してて、ごめんなさい。どうしても、言えなくて」

きっと言えば、捨てられてしまう。

そうと分かっていても、彼らの優しさにこれ以上甘えていられなかった。

優しくされればされるほど、この『呪い』を隠していることに罪悪感を覚えてしまうから。

「……分かりました。やはり、掃除はやめておきましょう」

「……ごめんなさい。わたし、本当は生きてることも……」

「ごめんなさいは禁止です。お嬢様は、何も悪くありません」

力強く断言されて、シャーリーは顔を上げる。

イリスはなぜか涙ぐみながら「絶対に、悪くありません」と続けた。

「お嬢様の体質は分かりました。その上で、私は全力であなたにお仕えします」

「イリス……」

力強い瞳が温かくて、シャーリーは泣きそうになった。

イリスは優しく微笑む。

「お嬢様、散歩しませんか？　公爵城の裏庭は、とっても綺麗なんですよ――」

◆◇◆◇

まっすぐに続く花壇に彩《いろど》りの花々が咲きほこっている。中央には噴水が設置され、庭師に整えられた芸術的な草木が植物のアーチを作り、優雅な散歩道を作り上げていた。

「わぁ……ほんとに綺麗……」

「お気に召していただいて何よりです。これは先代の奥様が作り上げたもので――」

のほほんとイリスと共に遊歩道を歩いていくシャーリー。

イザベラ・エッケルトは草木の陰に隠れながら、その姿をじっと睨《にら》みつけていた。

(何が「わぁ」だ。可愛い子ぶったって私の目は誤魔化せないぞ、ローガンズ……!)

イリスに釘を刺されたイザベラだが、むしろ同僚の身を守らんとますます闘志を滾《たぎ》らせ、こうしてシャーリーの監視に勤《いそ》しんでいる。なにせ相手はあのローガンズ家の者だ。

(ローガンズは絶対に何か企《たくら》んでいる。なぜみんな分からないんだ)

イザベラ・エッケルトは侯爵家出身の騎士だが、南方諸島出身の母を持つ。オータム王国では異質な褐色の肌ということもあって、上級貴族らしからぬ扱いを受けてきた。

特に社交界であたりがきつかったのがローガンズ伯爵家だ。彼らは異国の者である母を『穢《けが》れた血』と呼んで排斥《はいせき》した。娘であるイザベラも例外ではなく、社交界から追いやられた。母は精神的にまいってしまい、今は療養のために屋敷から出られない状況だ。

そのローガンズが公爵家にやって来た。しかも、婚約者という名目で。

（ローガンズの令嬢といえば、下級貴族の令嬢を虐《しいた》げ、たびたび夜会に出入りして婚約者のいる男を寝取る悪女……！　そんな女の血縁なんて、ろくでもないに決まってる。ガゼル様が正式な婚約を結ばず候補としたことから、あの女にも何かあるはずなんだ）

ガゼルからカレンとシャーリーは別人であると教えられたものの、ローガンズに生まれた女がまともであると誰が保証出来る？　屋敷の人間はみんな、シャーリーに騙《だま》されているのだ。

（裏庭を散歩すると見せかけて、公爵邸に何か仕掛けるに違いない）

イザベラはそう確信していた。

「お嬢様、あちらに池があります。行ってみましょう」

「えぇ。それにしても、本当に綺麗ね――」

シャーリーたちは裏庭をゆっくりと歩いていく。

微笑ましく主《あるじ》を見るイリスの視線が、不意にイザベラの隠れている茂みに止まった。

（う。やはりバレてるか。さすがはガゼル様が認めた人だな……）

イリスは侍女兼護衛も兼ねている。魔術的な才能がないため侍女に甘んじているが、体術だけならイザベラすら上回る実力者だ。公爵家の中でも古参で、イザベラは頭が上がらない。

（お前の言いたいことは分かるが、私は公爵家の安全を守らねばならんのだ――）

やがて、イリスはため息をついてシャーリーの後をついていく。こちらは放置だと決めたようだ。

ホッとしながらも、イザベラは見つからないように距離を空けて跡をつけた。

公爵家の裏庭は総面積五百メルトに及ぶ広さで、植樹された小さな森がある。

その中央には夜になると月の光を溜め込む池があり、公爵家の名物になっていた。

池に続くまっすぐな遊歩道を歩きながら、シャーリーはふと明後日の方向に目を向ける。

「ねぇイリス。あちらに別棟があるわ。誰か住んでいるのかしら？」

「あぁ、あそこには――」

ばしゃんっ!!

イリスの言葉を遮《さえぎ》るように、池の中に何かが落ちた。

一同が振り向くと、池の上にぱしゃぱしゃと小さな黒猫が溺れているのが見えた。

（あの猫……枝で遊んでて落ちたのか）

「まぁ、大変！　イリス、早く助けなきゃ！」

「遠いですね……水属性の魔術が使える侍女を呼んできます。シャーリー様は待機を！」

池の広さは直径十メルトもあり、棒か何かを伸ばすには距離が足りない。イリスはイザベラが水属性の魔術が得意ではないと知っているため、他に救援を呼ぶことにしたようだ。他の属性だと子猫を傷つけてしまうからだろう。ローガンズの令嬢本人は右往左往している。

（ふん。貴様自身が魔術を使えばそれで済むのに、わざわざイリスに頼むとはな）

無邪気を装っているつもりだろうが、悪辣《あくらつ》なだけだ。ローガンズ伯爵家に生まれた女なら、池に溺れた猫など助けるのは造作もないだろうに。

（やはり貴様はローガンズだ。溺れた猫を見捨てる、唾棄《だき》すべき悪女なのだ）

「必ず私が貴様を――」

イザベラが暗い決意を決めたその時だ。

「……だめ。イリスを待ってたら間に合わないわ」

「は？」

んしょ、と、突然シャーリーが厚着の服を脱ぎ出した。

下着姿になったシャーリーは迷わず池に飛び込む。

「は⁉」

イザベラは慌てて茂みから飛び出した。

（ふ、冬の池だぞ⁉　凍ってもおかしくない寒さだぞ！　何を考えている⁉）

歴戦の騎士でさえ入るのを躊躇《ためら》う温度だ。ましてやあのような貧弱な身体で飛び込めば、またたく間に体温を奪われ、岸辺に帰る前に力尽きてしまうだろう。

（しかも、泳ぎ方が下手すぎる！　なぜ魔術を使わない⁉）

イザベラが唖然としている間に、シャーリーは犬かきのような拙《つたな》い仕草で池の中央へ。

「うぷ、はぁ、もう、大丈夫だよ……はぁ、こっちにおいで？」

水面で藻《も》掻《が》いていた猫を頭に乗せてシャーリーは方向転換。

しかし、そこで体力が尽きてしまったのだろう。シャーリーは徐々に沈み始めた。

「お、おい！　大丈夫か⁉」

「い、いざべら、さん？　この子を……おね、が……ぶくく……」

たまらず叫んだイザベラに猫を託し、シャーリーは水泡となって沈んでいく。

「～～～～っ、なんなんだ、まったく！」

そこで見ていられるほどイザベラは腐っていなかった。シャーリーと同じように服を脱ぎ、洗練された仕草で池に飛び込む。そして溺れかけたシャーリーと猫を担《かつ》ぎ、池の淵まで泳ぎ切った。

ぶるり、と身体を震わせた猫が茂みの中に飛び込んでいく。凍《こご》えるような寒さに震えながら、イザベラはシャーリーを寝かせ、気を失った彼女の胸を圧迫した。

「ハァ、ハァ……おい、起きろ。ローガンズ嬢！」

「ごぷっ」と水を吐き出したシャーリーが荒い呼吸を取り戻し、肩で息をし始める。

ひとまず危機を脱したのを見て、イザベラは安堵のあまり倒れてしまいそうになった。

「本当になんなんだ……この娘は」

「ご、ごめんなさい……はぁ、イザベラ、さん」

「……まったくです。なぜあんな馬鹿な真似したんですか」

服を着て炎の球を宙に浮かせると、イザベラは鋭く問いかけた。

「一歩間違えれば猫ごと死ぬところだったんですよ。猫ごときと心中するつもりですか？」

「猫さんだって、わたしたちと同じ命だわ」

イザベラはハッと目を見開いた。

シャーリーは紫色になった唇を震わせながら、しかし、はっきりとした口調で言った。

「猫さんでも、人間でも……きっとわたしは、飛び込んでたと思う」

「……あなたは」

「そ、それに、寒さのことなんて忘れてたっていうか……」

「なら魔術を使えばいい。ローガンズなら簡単に出来るでしょう」

するとシャーリーは目を伏せ、白い息を吐いた。

「……わたし、魔術は使えないの」

「魔術が使えない……？」

「だから、実家でも色々あって……あはは」

色々。そこに含まれる想像を絶する苦しみに、イザベラは絶句した。

(魔術の名門、悪辣《あくらつ》一家のローガンズで魔術が使えない……そんなの)

そこで何が起こるかなんて、分かり切っている。

異質な他者を追い込む人間の悪意は、肌の違いで排斥《はいせき》されたイザベラも知るところだ。

(思い返せばヒントはいくつもあった)

侍女も伴わず一人でやって来たこと、持ち物が鞄《かばん》一つだったこと、物腰がやけに低いこと。

つまり襤褸《ぼろ》のような服装も、拙《つたな》い食事マナーも、公爵家を欺《あざむ》くためのものではなく——

(ローガンズ出身でも……この人は、違うのか？)

「か、隠しててごめんね。わたし、こんなのじゃ、婚約者候補失格よね……」

困ったように笑うシャーリーを見て、イザベラは深い後悔に襲われた。

(私は馬鹿だ……大馬鹿者だ)

ローガンズというレッテルに囚われるあまり、シャーリー自身を見ようとはしなかった。

公爵家にたった一人で来て心細いだろうに、いつだって彼女は使用人に対しても優しく、穏やかで、美味《おい》しいものに感動し、美しい景色を楽しみ、救える命を救おうとまっすぐだった。

「にゃぁあ」

「わ、さっきの猫さん？　あはは、な、舐めないで。くすぐったいよぉ！」

しかも、彼女は虐《しいた》げられていた過去をひけらかさない。周りに気を使わせないように、辛いことがあった過去を隠し、まっすぐに前を向いている。魔術優勢の社会で、魔術も使えない女性が。

そのまっすぐな強さは、誰でも得られるようなものではない。

「ローガンズ嬢……いいえ、シャーリー様」

「イザベラさん？」

子猫と戯《たわむ》れるシャーリーの前に膝をつき、イザベラは勢いよく頭を下げた。

「――本当に、申し訳ありませんでした!!」

「え？」

「恥ずかしながら、私はあなたを疑っておりました。女騎士である私を遇してくれた大恩あるサリウス家に仇《あだ》をなす者ではないかと、先ほどまで――」

「それは、仕方ないわ。わたしは、望まれていない女だもの」

悲しげに笑うシャーリーに首を振り、イザベラは顔を上げる。

「いいえ。私はシャーリー様がいい。あなたが女主人なら、この命を懸けられる」

「え？」

子猫のために自分の身を顧《かえり》みず冬の池に飛び込む、彼女だから。

虐《しいた》げられた過去と向き合い、ただ前を向いて生きていける人だから。

「これまでの無礼、どうぞ罰してください。しかし、もしも許されるなら」

イザベラはシャーリーの手を取り、その甲に口づけを落とした。

「このイザベラ・エッケルト。これより身命を賭してあなたに仕えると誓います」

すると、シャーリーは戸惑ったように瞬《またた》いた。

「わ、わたしに……？　本当に、いいの？」

「我が家名と、祖国に誓って」

シャーリーの目の縁にじわりと涙が浮かぶ。

そして満開の花が咲きほころぶように、彼女は笑った。

「ありがとう。これからよろしくね、イザベラ」

「はッ!!」

この誓い、この過《あやま》ち、この気持ちを絶対に忘れずにいよう。

彼女の騎士であることを誇れる時が、きっと来るから――

◆◇◆◇

「冬の池に飛び込むなんて何を考えているんですか！」

シャーリーとイザベラはイリスの前で正座をしていた。

「ご、ごめんなさい……」

「謝るのは禁止です……と言いたいですけど」

イリスは心を鬼にしたように息を吸い込み、眉を吊り上げる。

「今回は反省してください！　しかも溺れかけるなんて、イザベラが間に合ったからいいものの――いえ、イザベラ!!　あなたは近くにいたんでしょう！　池に飛び込む前に止めるのがあなたの仕事ではないですか！　主《あるじ》を守れなくて何が騎士です！　あなたには失望しました！」

「……本当にすまん。申し開きもない」

「あなたは解雇されてもおかしくないことをしました。そのことを自覚なさい!!」

こっぴどく叱られたけれど、イリスの言葉の端々に心配が滲《にじ》んでいるのが見えて、シャーリーは嬉しかった。無事でよかったと抱きしめられた時は泣きそうになった。

「それで、あの、イリス……？　お願いがあるのだけど……」

シャーリーは上目遣いでイリスを見上げ、胸に抱いた猫を掲げて見せた。

「この子、一緒に住んでいいかしら……？」

イリスは仕方なさそうに息をついて、「旦那様に確認します」と言った。

一行は本邸のほうへ帰り、濡れた服を着替えた。

シャーリーへの態度に加え、池の一件もあってイザベラは使用人全員に責められたのだが、せっかく騎士の誓いを立ててくれたイザベラと離れ離れになるのは嫌だと、シャーリーは庇《かば》った。

「イザベラに悪気はなかったと思うの。ほら、ローガンズって、あれでしょ？　だから……ね？」

「お嬢様は優しすぎます」

イリスはイザベラを睨《にら》みつけ、はぁああと深く長いため息をついた。

「しょうがないですね……本当にこれが最後ですよ」

「うむ。我が主《あるじ》を貶《おとし》めるようなことは二度としない」

「やった！　じゃあこれで、二人仲直り、ね？」

シャーリーはイリスの手とイザベラの手を取り、二人に握手をさせた。

にこー、と笑う小動物めいたシャーリーに、侍女と騎士の母性がぐらぐら揺らぐ。

「可愛すぎる……もう私が持ち帰ってしまいたい」

「ははは、破廉恥《はれんち》だぞイリス。まずは写真に収めて眺め回すところから……」

「いやあなたは普通に気持ち悪いです」

「なんだと⁉」

「ふふ。二人が仲直りしてくれてよかったわ」

ご機嫌になったシャーリーのお腹から、ぐぅうう、と腹の虫が鳴る。

使用人全員に見られたシャーリーは顔を赤くしてお腹を押さえた。

「え、えっと、ごめんなさい。その、わざとじゃないの……」

「ごめんなさいは禁止です。お嬢様、そうですね、そろそろ夕食にしましょうか」

「ほんと？　あ、でも、ガゼル様は？」

「旦那様はまだお仕事だと思いますが……」

「そう？　じゃあ、わたし待ってるわ」

料理人たちも別々に食事を作るのは面倒くさいだろう。

昨日のように誰かと一緒に食事をするのは楽しかったし、出来れば一緒に食べたい。

「……分かりました。そういうことなら待ちましょうか」

「うん！」

シャーリーはるんるん気分で部屋へ戻り、暇潰しに読書を始める。

蔵書室に入るのはまだダメだろうからと、イリスに本を持ってきてもらったのだ。

「ふんふふんふふーん。ねぇ、あなたも一緒にご飯食べる？」

「みゃう？」

シャーリーに懐いた猫は、ジルと名付けられた。

まだガゼルに飼うのを許してもらっていないが、愛らしい姿を見ていると名付けずにいられなかったのだ。膝の上で居心地よさそうに丸くなる黒猫に、シャーリーはくすりと笑みをこぼす。

けれど――

コンコン。

「シャーリー様、非常に言いにくいのですが……」

「どうしたの、マモン？」

客室の扉を叩いたマモンは申し訳なさそうに言った。

「旦那様は今日、お帰りになりません。食事は一人で取ってくれとのことです」

シャーリーは固まった。

震える声で、彼女は言う。

「それは……どうして、かしら。公爵城と前線基地は……そんなに離れてないのよね？」

「えぇ……その……部隊の人と……その、食べるとか……」

言いにくそうなマモンの言葉で、シャーリーはすべてを察した。

(あぁ、やっぱり。わたしは)

婚約者候補と言っても、所詮は望まれない女だ。

昨日は使用人の手前、優しく接してくれたけれど、本当は婚約者候補として屋敷に居座るシャーリーと食事をしたくないのだろう。仕方ないことだ。だって自分は、呪われた女なんだから。

思い返せば、ガゼルは最初からこの婚約に乗り気ではなかった。初めて襤褸《ぼろ》を脱いだ時の目も嫌悪感に満ちていたし、公爵家の者たちにローガンズが嫌われていることは、この短い間で嫌というほど伝わって来た。みんなの前では取《と》り繕《つくろ》ってるけど、もしかしたら、本当は――

「分かったわ……一人で、食べるわね」

シャーリーは立ち上がり、とぼとぼと食堂へ赴《おもむ》いた。

がらんとした食堂の椅子に座り、居並ぶ使用人たちを見て、縋《すが》るように言った。

「あ、あの。あなたたちも一緒に食べない？　その、わたし一人じゃ……」

「お嬢様、申し訳ありませんが……」

イリスが言いにくそうに続ける。

「主《あるじ》と使用人が共に食事をするのは、いけないことです。ご理解くださいませ」

「……そう。そう、よね」

(みんな、わたしなんかと一緒に食べたくないわよね……)

シャーリーは虚《うつ》ろな目で、がらんどうのテーブルに向き合った。

『——お前は生まれたらいけない子なのよ！』

『あっちに行け、呪いが移る。僕たちの食事に触るな！』

ローガンズ家にいた時に言われた言葉が、次々と脳裏に蘇《よみがえ》る。

(ただ一緒に夕食を取れなかっただけじゃない。それなのに……わたし……)

次々と運ばれてくる料理は昨日と同じように豪華で、食べ切れないほどある。

けれど、どれもあんまり喉を通らなくて。

嫌な想像が止まらず、なぜか視界が滲《にじ》んで、頬を雫《しずく》が滑り落ちていく。

「ほら、お嬢様。あんな男のことは忘れて、ケーキを食べましょう？」

「うん……」

真っ白なクリームに包まれたスポンジはふわふわしていて、ほんのりと甘い。

ちょこんと乗った最高級の苺は瑞々《みずみず》しく、甘酸っぱくて美味《おい》しい。美味《おい》しい、けれど。

(こんな思いをするくらいなら……生まれてこなきゃよかった)

大好きなケーキの味はしょっぱくて、がらんとした食堂が寂しかった。

◆◇◆◇

ガゼルは、公爵城から北に五分ほど馬車を走らせた魔獣戦線基地で仕事をしている。暗黒領域から迫りくる魔獣を食い止めつつ、騎士団の育成を行うのが彼の務めだが、今はそれに加え、公爵領の運営、決裁書類の整理といった仕事も加わり、かなり忙しい状態になっていた。

それ故《ゆえ》に、公爵家に来たばかりのシャーリーを放置する結果となったのだが……

「ただいま」

「お帰りなさいませ。腐れへっぽこ旦那様この野郎」

「んん？」

明朝。玄関ホールに居並ぶ使用人たちの冷徹な視線に、ガゼルはたじろいだ。

特にマモンなどは、普段の温和な口調をかなぐり捨てた毒舌ぶりだ。

「あー、マモン。俺が何か？」

「そんなことも分からないならどうぞ基地へご帰還くださいませ。あちらが旦那様の家でしょう」

「……ちゃんと言ってくれないと分からんぞ」

「そうですね。その言葉、シャーリー様に対しても同じことが言えるんでしょうか」

「シャーリーに？」

婚約者候補の名が挙がったことにガゼルは怪訝《けげん》そうに眉根を寄せる。

「昨日、帰らないと連絡したはずだが」

「そうですね。『今日は帰らない。食事は一人で取れ』と。一般的な男性がこれを言った場合、多くの女性はどう捉《とら》えるでしょうか。しかも、ローガンズで虐《しいた》げられてきたお嬢様は……」

「……」

彼らが何を言いたいのかようやく理解して、ガゼルはだらだらと汗を流した。

「いや、決してそういうのじゃないぞ。単純に仕事で遅くなってだな……」

慌てて釈明するが、使用人たちの視線は冷え込む一方だ。

「お可哀そうにお嬢様」「この鈍感愚図野郎」「お嬢様を泣かせる旦那様なんて嫌い」「ありえないよね」「右も左も分からないところに置いてけぼりなんて」「さっさと謝れ」「最低ね」

「分かった。分かったから勘弁してくれ……」

さすがに使用人全員から責められるのは心にくるものがある。

悪気がなかったとはいえ、シャーリーの身の上を考えれば確かに軽率だった。

とはいえ、だ。

「お嬢様、泣いてましたよ」

イリスのこの言葉に、ガゼルは困ったように眉根を寄せる。

（いや、たかが一緒に夕食を取らなかったくらいで大袈裟だろう……）

正直なところ、公爵夫人として生活するならこんなことはいくらでもある。

確かに軽率な行為だったとは思うが、泣いて気を引くような女は、正直面倒くさい。

(シャーリーは可愛いし、健気《けなげ》でいい子だとも思う。しかし……公爵夫人には向いてないかもな)

そう思っていると、マモンがため息をついて言った。

「反省の見られない旦那様に崖から突き落とすような話をしても良いですか」

「なんだ、マモン」

「以前仰《おっしゃ》っていたローガンズ家の実情とシャーリー様の扱いについて調べてきました」

「昨日の今日で？　さすが優秀だな」

「私を褒める前にやるべきことがあると思いますよ——これを読めばね」

「……」

ガゼルは戦々恐々としながら報告書を受け取り、すべてに目を通す。

そこに書かれていたシャーリーの生い立ちは、ガゼルの想像を絶するものだった。

自分がやらかしたことがどういうことかを悟り、思わず報告書を取り落としてしまった。

「……ここまでか？」

(虐《しいた》げられていたことは察していた。食事を満足に取れなかったことも)

脳裏に浮かぶ、襤褸《ぼろ》を着たシャーリーの姿。

(伯爵手付きの侍女の娘として生まれ、黒髪の忌み子として地下牢に住まわされ……あまつさえ、継母や義兄姉から魔術の実験台にされることもあった……そうか、だから、彼女は……)

きっと、家族の愛を知らなかったのだろう。

「だからシャーリーは、泣いたのか」

親に愛されなかった子供は知らないうちに愛情を求めるというが、シャーリーにとって共に食事を取るという行為はそれほどに大切で、家族としての重要な儀式だったのだ。

そんな内情を知らず――いや、慮《おもんぱか》ろうとせず、ガゼルは自分の都合を押し付けようとしていた。

公爵家に来たばかりで婚約者候補という不安定な立場の彼女を貴族の目線で見てしまった。

夕食が取れずに泣いたことを面倒だとすら思ったのだ。

「イリス、マモン……どちらでもいい。俺を殴ってくれ」

「「かしこまりました」」

刹那《せつな》、両頬が張り飛ばされた。

じんじんと痛む、手加減のない張り手を受けてガゼルの口の端から血が出てくる。

「……馬鹿者。二人ともやれとは言っていない」

「「失礼。先走りました」」

「本当に仲がいい師弟だな!?　まったく……まぁ、いい。おかげで目が覚めた」

こんな体《てい》たらくでも公爵という立場を担《にな》っている。

シャーリーの事情を『知らなかった』では済まされない。

(家族に見放された者……か。俺と同じだな)

ガゼルは自嘲げに顔の傷を撫で、そして言った。

「シャーリーのところへ行ってくる。彼女は?」

「まだ寝室にいらっしゃいます。それから、昨日の昼間の出来事ですが……」

留守中のことを聞いたガゼルは、急《せ》き立てられるようにシャーリーの寝室へ。

扉の前に立った彼は、しかし、どんな顔をして会えばいいか分からず立ち尽くした。

伯爵領からたった一人、家族の愛も知らずにやって来た女に、自分は何が出来る？

(それでも、会って、謝らねば。たとえ嫌われようとも)

ガゼルは寝室の前で深呼吸する。扉をノックすると、「誰だ」とイザベラの声が聞こえた。

◆◇◆◇

とても心地よい布団に包まれているのに、最悪の目覚めだった。

瞼《まぶた》は赤く腫《は》れ上がり、髪はあっちこっちに跳ね、身体は気だるくて起きるのも億劫《おっくう》だ。

(いっそこのまま、目覚めなかったら良かったのに)

誰にも望まれない女なんて、生きている意味があるのだろうか。

そんなことを考える自分が嫌になって、じわりと目に涙が滲《にじ》んでしまう。

「にゃぁお」

「ジル……」

頬をぺろぺろと舐めてくる黒猫を抱きしめて、シャーリーは唇を結んだ。

「わたし、どうしたらいいんだろう……」

「主様《あるじ》……」

イザベラは口を開くが「私がどの口でお慰め出来るのか……」と悔やむように俯《うつむ》いた。

こんな体《てい》たらくでは、せっかく忠誠を誓ってくれたイザベラにも見限られてしまう。

しっかりしないと――そう思った時だった。

コンコン、とノックの音が響いた。

イザベラが扉をほんの少し開けて「誰だ」と応対する。

彼女は眉間に皺《しわ》を寄せて、「お待ちを」と言ってこちらに歩いて来た。

「主様《あるじ》、旦那様がおいでです」

「ガ、ガゼル様が⁉」

驚いて声を上げると、ジルが飛び跳ねて逃げてしまった。

胸に抱いた温もりが消えたことを寂しく思いつつ、シャーリーは慌てて自分の恰好《かっこう》を見る。

「で、でも。わたし、何の用意も……お化粧だってしてないわ」

瞼《まぶた》は赤く腫《は》れ上がってしまっているし、髪だって整えていない。

こんな状態で会うのは、砂漠の中に裸で放り込まれるようなものだ。

「もしお嫌なのであれば断ることも出来ますよ」

「そ、そうなの？」

「主様《あるじ》はガゼル様と対等なご関係なのですから、いくらでも言い訳は出来ます」

イザベラは優しく微笑んだ。

「あなたの思うままに。たとえ相手が旦那様であろうと、護衛騎士としてあなたを守ります」

イザベラの心強い言葉に、シャーリーはホッと胸を撫で下ろした。

とはいえ、ここでガゼルを拒絶すればますます関係が冷え切ってしまうかもしれない。

公爵家の人間は温かい人ばかりなのに、自分なんかのせいで屋敷の雰囲気を悪くするのは望むところではない。シャーリーは勇気を振り絞り「お通しして」とイザベラに伝えた。

「失礼する」

「い、いらっしゃいませ」

シャーリーはベッドの前でがちがちに緊張しながらガゼルを迎えた。

「ガゼル様、このようなお姿で申し訳ありません」

「いや、頼むから頭を下げないでくれ。全部俺が悪い」

「……？　なぜガゼル様が謝るのですか？」

夕食を共にしていないとはいえ、ガゼルがシャーリーを望まないのは無理もないことだ。

こんな呪われた女に謝る道理なんて、ないはずなのに。

「そこからか……」

ガゼルは眉間に皺《しわ》を寄せた。

それから言葉を探すように視線を巡らせ、ぽつぽつと彼は言う。

「なんというか……君に対する配慮がまるで足りていなかった。婚約者候補とはいえ、君はたった一人で公爵領に来て……その、何かと不安だろう。将来のこととか……俺のこととか」

「い、いえ！　ガゼル様が気遣うようなことは何も！　わ、わたしは大丈夫で……」

「腫《は》れ上がった瞼《まぶた》で言っても説得力はないぞ」

「あぅ……申し訳ありません……」

シャーリーは恥ずかしくなって俯《うつむ》いた。

握りしめた手に、ガゼルはそっと手を置く。

「まずは弁明させてほしい。俺が君と夕食を取らなかったのは……君が嫌いだからではない」

シャーリーは弾かれるように顔を上げた。

「そ、そうなのですか？」

「あぁ。どちらかといえば、これは俺の問題だ」

正直なところ、仕事が忙しくても帰ることは出来たという。なにせ前線基地から馬を走らせれば五分で公爵城に着くのだ。それでもガゼルが帰らなかったのは、ひとえに。

「俺も同じなんだ。シャーリー……家族の愛を知らない」

「え？」

「もちろん、君のように辛い環境だったとは言わないがな」

そうしてガゼルは語った。彼が『野獣公爵』と呼ばれるようになった所以《ゆえん》の話を。

ガゼルは公爵家の嫡男として生まれ、幼い頃から厳しく育てられたらしい。公爵家の嫡男は将来北部魔獣戦線前線基地のトップに立たなければならない。そのために、来る日も来る日も血の滲《にじ》むような努力を重ね、彼の父はガゼルを史上最高の戦士に育てようとした。

「しかし、母はそれを良く思わなかった」

ガゼルの母は気が弱く、血を見るのも苦手な人だったそうだ。修業に明け暮れるガゼルを良く思わず、自分は音楽を嗜《たしな》み、花を眺めて談笑するような暮らしに傾倒していった。

「公爵家の裏庭も母が作り上げたんだ。良く出来ているだろう？」

「は、はい……その、すごく綺麗です」

「うん」

ガゼルは懐かしそうに目を細める。

「俺も本当は剣など握らず、母とあそこを散歩したかった」

しかし、ガゼルの父はそれを許さなかった。

『史上最高の戦士になれ。それがお前の義務だ』

そう口酸っぱく言って、ガゼルに剣を握らせた。

親としてまともに声をかけてもらったことなど、数えるほどしかなかったようだ。

ガゼルが強くなるにつれて彼の母は息子を遠ざけ、冷たい目で見るようになった。

「ただ……名前を呼んでほしかっただけなんだ」

彼が母と同じ空間にいられるのは、戦いに赴《おもむ》く騎士団に彼女が言葉をかける時だけだった。

頑張りなさいと、無表情で言われる言葉こそガゼルの支えだったのだ。

その言葉を受けるたびに、まだ自分は愛されているのだと思えたらしい。

転機が起こったのは十五歳の春、ガゼルが成人の儀で北部前線基地を離れた時のことだ。

先代公爵――ガゼルの父が死んだ。

北方の魔獣戦線が崩壊し、大量の魔獣が公爵領に雪崩《なだ》れ込んだ。

成人の儀から帰ったガゼルは騎士団に住民の避難を任せ、五百体以上の魔獣に立ち向かった。

側近や執事が止めても、逃げるわけにはいかなかった。

背後に公爵城があったからだ。彼が焦《こ》がれた母の姿がそこにあった。

ガゼルは血潮を撒き散らし、力の限り大剣を振り続けた。

『第三次北部魔獣戦争』。

ガゼル・サリウスが『野獣公爵』と呼ばれるようになった事件である。

血を浴びすぎて魔獣の臭いが身体から立ちのぼるガゼルを、領民たちは英雄とたたえた。

公爵城は新たな領主の誕生に喜び、城は沸いた。

城を挙げて出迎えてくれる彼らの中には母の姿もあった。

「期待したよ。せめて何か一言くれるんじゃないかって」

「ガゼル様……」

「一言もらえればそれでよかった……しかし、現実は違った」

ガゼルの母は、血まみれのガゼルを指差して言ったのだ。

――この子は化け物よ！

魔獣との戦いを目の当《まあ》たりにした恐怖と不安からか、悲鳴のように叫び、彼の母は乱心した。

それからガゼルの母は心を病《や》み、ほどなくして亡くなった。

十五歳の男の身に、公爵領主にして北部魔獣戦線前線基地長という責任がのしかかった。マモンや使用人たちは優しかったが、親戚たちからは領主として跡継ぎを求められた。

当時英雄と名を馳せたガゼルにはその名声を狙って多くの婚約者候補が送り込まれたのだ。

今でこそ治っているが、当時ガゼルは病《やまい》を患《わずら》っていた。

第三次北部魔獣戦争における死地での限界を超えた戦闘の連続で、脳のリミッターが壊れ、力の加減が効かなくなっていたのだ。食事の時にコップを握り潰したり、勢い余ってドアを壊したり……些細《ささい》な出来事が重なり、婚約者候補たちは軒並み逃げて行った。

そのうち社交界でも噂が流れ、名実共に野獣公爵のあだ名が定着した。

「結婚は諦めていた。正直、どうでもよかった」

ただ自分は領地を守る剣であろう。そうすれば苦しまずに済む。

だから周りの目を誤魔化すために戦力となる女を求めて——

「シャーリー。君に出逢った」

「……」

「夕食は誰かと共に食べるものだと……久しく忘れていたんだ。すまない」

ガゼルの優しい瞳に、シャーリーは泣きそうになった。

「わ、わたし、自分のことばかり……夕食が取れないくらいで、泣いちゃって……」

「いいんだ。俺も言葉が足りなかった」

前線基地長と公爵の両方を担《にな》うガゼルの重責はいかほどのものだろう。

自分が望まれていないと塞《ふさ》ぎ込んで、ガゼルを困らせた愚かさに吐き気がした。

「本当に、申し訳ありません……」

「だから、いいんだ。もう謝るな」

ガゼルは苦笑した。

「話が長くなってしまったが……君のことを悪く思っていないことは分かってくれたと思う。俺にとって夕食は栄養補給も同然で、あまり重視していなかったんだ。すまない」

「わたしのほうこそ……ガゼル様のことを何も知らず……」

「ならば、これでお互い様だな」

「ふふ、そうですね」

思わず笑みを漏らすと、ガゼルがシャーリーの頭に手を伸ばした。

その手が、途中で止まる。引っ込みそうになった手を、シャーリーは掴《つか》んだ。

「シャーリー？」

「あ、あの。一つだけ言いたいことがあると言いますか、さっきのお話なんですけど……」

「うん」

警戒したように表情を引き締めたガゼルをシャーリーは正面から見つめた。

「わ、わたし。ガゼル様を怖いと思ったことなんてありませんから！」

「……え？」

きょとん、とガゼルは目を丸くした。

「ガゼル様は確かにぶきっちょで、時々難しい顔をされることもありますけど……でも、こんなわたしの事情を慮《おもんぱか》って、婚約者候補として屋敷に置いてくれる、優しいお方です！」

（そ、それに、お顔もかっこいいし……恥ずかしくて言えないけどっ）

「……そんなことを言われたのは、初めてだ」

ガゼルはふんわりと笑った。

「ありがとう。君は優しいな、シャーリー」

「い、いえ、そんな。わたしなんか……」

「自分を『なんか』というのはやめたほうがいい」

「……ガゼル様？」

「シャーリー。君は決して自分が思うような『呪われた女』ではない。たとえ魔術が使えずとも、触れただけで魔道具を壊してしまう性質だとしても……君は君だ。それは変わらない」

「イリスから聞いて……」

「他の事情も、大体聞いた。その上で言う。君は、呪われてなどいない」

今度はシャーリーが固まる番だった。

愕然とするシャーリーの頭を、壊れ物に触るようにゆっくり、ガゼルの手が撫でていく。

「君は池で溺れている猫を助けるような優しさも持っているし、過《あやま》ちを犯した部下を許すような深い度量の持ち主だ。君の境遇を考えれば、決して誰でも出来ることではない」

「ぁ」

「それに……俺の顔を怖がらないくらい、勇気のある女性だしな」

顔の傷に触れながら、ガゼルは笑った。

「君のおかげで、使用人たちも楽しそうにしている」

「わたしの、おかげで？」

「あぁ。公爵城に来てくれたのが君で、本当に良かった」

心が、震える。

瞼《まぶた》がじんわりと熱くなる。胸の奥から、衝動が込み上げてくる。

ローガンズでもなく、伯爵家の令嬢でもなく。

ありのままの自分を肯定し、ガゼルは優しく包み込んでくれる。

その温かさは、シャーリーが今まで感じたことがないもので。

「わ、わたしっ」

シャーリーはきゅっと唇を結び、俯《うつむ》き、瞳に涙を溜めて顔を上げた。

「わたし、生きてていいのかなぁ……？」

「当たり前だ」

無限の優しさが、シャーリーの心を解きほぐす。

地下牢で過ごした過去に手を差し伸べて、現実に引っ張り上げてくれる。

『お前は呪われた女よ。存在自体が罪なの』

――誰も、生きてていいなんて言わなかった。


『気持ち悪い黒髪しやがって。お前が生きていることが不思議でならないよ』

――ただ外見だけで決めつけて。


『喋《しゃべ》るな、囀《さえず》るな。魔術を使えないゴミが邪魔をするな。お前は一生ローガンズの奴隷なのだ』

――能力がないからと蔑《さげす》み、地下牢に押し込めた。


いつだって一人ぼっちで、冷たくて、寒くて、心細かった。

自分なんかが生きていていいのかと考えたことは、いくらでもあった。

平気な振りをしていても、本当は辛くてたまらなかった。誰かに助けてほしかった。

けれど、ガゼルは。ガゼルだけは――


「君の優しい言葉に、俺は救われた」

「生まれて来てくれて、ありがとう。シャーリー」

「君に出逢えて、本当によかった」


シャーリーの心に温もりを与えて、生きてていいのだと。

「だから、もう泣くな。せっかくの美人が台無しだ」

シャーリーはくしゃりと顔を歪めた。何度も首を左右に振って、ぽろぽろと溢《あふ》れる涙がこぼれ落ちていく。

泣くなと言われても、無理だった。

不意に、熱がシャーリーを包み込む。

背中に回されたガゼルの手が、頼もしい胸に抱き寄せてくれる。

「う、うぅ」

もう限界だった。シャーリーはガゼルの胸に顔を押し付けた。

「えぇぇえええん、えぇぇえええええん……！」

「……まったく。今日だけだぞ」

優しく、背中を撫でられて。

「今まで、よく頑張ったな」

甘い囁《ささや》きは蕩《とろ》けそうで。

「ゆっくりお休み。シャーリー」

シャーリーは涙が枯れるまで、ただ泣き続けた。

泣き疲れて眠るまでずっと――ガゼルの温もりに、包まれていた。

間章　愚か者たちの輪舞《ロンド》

——オータム王国東部、ローガンズ伯爵邸、執務室。

「遅い！　もう一ヶ月だぞ!?　支度金はいつ届くんだ！」

ダンッ!!　勢いよく机を叩き、シャーリーの父、コルネリウス・ローガンズは吐き捨てた。

「カレン！　ちゃんと支度金のことは伝えたんだろうな!?」

「いやいや、ワタシじゃなくてお母様がちゃんと言ってたじゃない」

応接用のソファに座るカレンは爪を塗りながら気だるげに言った。

近くに控えていた護衛騎士がこくこくと頷くと、コルネリウスは苛立ち交じりにため息をつく。

「なら、アレの怠慢だというのか。面倒な……」

「まともに教育も受けてない子だもの。あの子に期待するより、サリウス家に手紙を送ったら？」

「もう送ったが……もう一度送ってみるか」

わざと無視されている可能性も考えず、コルネリウスは手紙をしたためる。

ちょうどその時、血相を変えた執事が飛び込んできた。

「だ、旦那様。失礼します。シチリア侯爵から抗議の手紙が……！」

「は？」

シチリア侯爵といえば、隣国ベルクシュタインと懇意にしている上級貴族だ。家格だけならローガンズ伯爵家より上で、現王妃とも繋《つな》がりのある、決して無視出来ない家柄である。

「どんな抗議だ」

「それが……新商品として贈答した魔道具が動作不良を起こして怪我人が出たと……」

魔道具暴発事故。ローガンズ伯爵家の権威失墜に繋《つな》がる大事件である。

顔色を変えたコルネリウスは執事の襟首をひっ掴《つか》んで持ち上げた。

「なぜ送る前に動作確認をしなかった⁉」

「……ぐ、ぃ、いつもは、アレが設計図の確認をしていましたので……」

シャーリーの名前は伯爵家にとって禁句だが、アレと言えば彼女のことだと伝わる。

言葉を濁《にご》した執事に、コルネリウスは額《ひたい》に青筋を浮かべた。

「馬鹿者！　アレがいなくなったなら代わりを用意するのが貴様の仕事だろうが！」

「代わりとなる人材は旦那様が解雇していきました……人件費削除だと。それ以前に、我が家の製品は設計が完璧だから動作確認など不要だと言ったのは旦那様です……」

「それとこれとは話が別だろうが！　貴様の頭は飾りか⁉　時と場合を考えろ！」

自分のことは棚に上げ、コルネリウスは執事を責め立てる。

「今後はエリックにやらせろ！　いつまでも好き勝手に魔術の研究ばかりさせておられん！」

「かしこまりました。次に領民からの陳情書が……」

「は……？　次から次へと、一体なんなんだ‼」

シャーリーがいなくなったローガンズ伯爵家ではトラブルが続出していた。これまでシャーリーに押し付けていた仕事が他の者に回り、にっちもさっちもいかない状況になっているのだ。

「えぇい、貴様らで処理をしておけ！　それくらい出来るだろう！」

「……御意に」

執事が去り、コルネリウスは机の上にあった書類や物品を腕で払いのけた。

がらがら、がしゃーん！　とけたたましい音が鳴り響く。

「クソがぁ！　どいつもこいつも余計な手間を取らせやがって‼」

コルネリウスの手元には差出人も印章もない催促状がある。手紙に印章もなく、差出人もない。

それはこの国ではなく、隣国アヴァンからの手紙だった。

（早く魔石と魔道具を提供しなければ、こちらの約束が反故《ほご》になるというのに……！）

コルネリウスはオータム王国に対して多大な不満を抱いていた。

オータム王国は大陸一の穀倉地帯を有している。南は海に面しており、山の恵みに恵まれ、北部には鉱山もある。欠点といえば暗黒領域に隣接していることくらいだ。魔獣退治もノウハウが確立され、被害者数は年々減少している――ありていにいえば、豊かなのだ。

故《ゆえ》に、王宮では軍備を縮小しようとする動きが出ており、魔術の名門ローガンズ家の魔術開発に関する予算もやり玉に挙がっているのだ。まともな開発はせず着服しているのがバレているのかは分からないが――収入は今の半分以下に落ちる。豪勢な暮らしをやめられないローガンズ伯爵としては承服出来ない事態だ。そんな彼に声をかけてきたのが隣国アヴァンである。

砂漠が国面積の大部分を占める、資源に乏《とぼ》しいかの国は過去、何度もオータム王国に戦争を仕掛けてきた。今は休戦協定を結んでいても、彼らは戦争のチャンスを虎視眈々《こしたんたん》と狙っており、ローガンズ家を取り込んでオータム王国の戦力を半減させるのが狙いだ。

伯爵家のありがたみも分からず、軍備を縮小しようとする議会。

誰のおかげで国が存続しているかも分からず偉そうにする王族、新興貴族。

コルネリウスは彼らを破滅させるため、オータム王国転覆を目論《もくろ》んでいた。

そのためには金が必要なのだ。現在の贅沢《ぜいたく》な暮らしを維持しながら革命を起こすには、今の収入では到底足りない。だが今回、シャーリーの婚約で支度金の大金貨五百枚が手に入る。

それだけあれば新たな魔道具を開発し、隣国アヴァンに魔石を提供することも可能だ。

逆にいえば金がなければどうにも出来ず、身動きが出来ない状況である。

それほどに、伯爵家の財政事情はひっ迫している。なぜかと言えば——

「——ねぇお父様ぁ。新しいドレスはいつ届くのぉ？」

状況が分かっていない長女の発言に、コルネリウスは頭を抱える。

「まだだよ、カレン。言っただろう、支払いが終わってないんだ」

はぁあ、とコルネリウスはため息をついた。

カレンだけではない。マルグリットも同じように次から次へと新しいドレスや宝石を買い込んでくるし、エリックは魔道具開発のためなら金に糸目をつけない魔術狂いだ。金銭感覚がおかしい。

それでも家族のためならと、これまで頑張ってきたのだが。

「アレから支度金が届かないんだ。それまでは無理だ」

「ふぅん。なら、ちょっとワタシが行って催促してくるわ」

「何？」

「だってあの子、ワタシの言うことならなんでも聞くもの。ワタシの玩具《おもちゃ》だからね」

カレンは「うふふ」と立ち上がり、妖艶《ようえん》にコルネリウスへしなだれかかった。

「ねぇお父様ぁ。お金もらってきたら新しいドレス二着買っていい？」

「あぁ、いいとも。二着と言わず好きなだけ買ってきなさい」

「キャハッ、嬉しい！　じゃあ行って来るわね！」

パチン、と指を鳴らし、カレンは転移魔術でその場を後にする。莫迦《ばか》げた魔力と繊細すぎる術式が必要な伝説級の魔術だが、ローガンズ家の最高傑作はいとも簡単に使ってのける。

この実力があるから伯爵も彼女の願いを無下《むげ》に出来ないのだ。

長女の素晴らしい魔導を目の当《ま》たりにしたコルネリウスは、「ふむ」と顎《あご》に手を当てた。

（最悪の場合だが……アヴァンの協力なしに反乱を起こすのもありかもしれんな）

カレンに及ばないにしても、ローガンズ伯爵家は一騎当千の実力者揃いだ。

とはいえ、確実を期したい。

慎重にして狡猾《こうかつ》。それこそ自分が当主の座を勝ち取った強みなのだから――

コルネリウスは不敵に笑いながら、近隣の領主や領民からの陳情書を暖炉の火に投げ入れた。

第二章　あなたに贈る雪解けの愛

「ワン、ツー、ワン、ツー。はい、そこまで！」

公爵城のダンスホールで右に左にと動いていたシャーリーは、ピタリと動きを止める。

講師を務める伯爵家出身の侍女は柔らかな微笑みを浮かべた。

「お嬢様。大変お上手ですよ。もう教えることはありませんね」

「本当？」

「えぇ。あとは経験を重ねるだけです。ガゼル様も少しは協力してくれたらいいのですが」

侍女の不満そうな言葉に、シャーリーは苦笑をこぼした。

「仕方ないわ。ガゼル様はとっても忙しい方だもの」

――シャーリーがサリウス公爵家に来てから一ヶ月が過ぎた。

最初こそイザベラの件やガゼルとの行き違いなどがあったものの、その後は問題もなく日々は過ぎていき、こうしてダンスのお墨付きがもらえるほど夫人教育も進んでいる。

婚約者候補としては破格の待遇に申し訳なくなるくらいだ。

これは公爵城で過ごしているうちに分かったことだが、ガゼルは魔獣戦線の騎士団と領地の運営を掛け持ちしているため、寝る時間も一日四時間とかなり少ない。

一日のほとんどは魔獣戦線の基地で過ごし、昼食や夕食だけ公爵城で取っている状態だ。あとはずっと仕事をしているという。

それを聞いて、一緒に夕食を取れず泣いた自分がまた恥ずかしくなったのは内緒である。

「それにしても、婚約者候補のわたしがこんなに教えてもらっていいのかしら……」

イリスと侍女は目を見合わせた。

その侍女はシャーリーを見て微笑ましそうに言う。

「大丈夫ですよ。私たちはみんな、お嬢様の味方ですから」

「……？　どういうこと？」

「時にお嬢様は、ガゼル様のことはどうお思いですか？」

「ガゼル様？」

侍女たちに問われ、シャーリーは顎《あご》に指を当てて「うーん」と考える。

「それはもちろん、素敵な方だと思うわ。とても優しいし、気遣いも出来るし、頼もしいし……」

「異性としては？　旦那としてはどう思いますか？」

「もちろん、素晴らしい人だと思うわ。あの人の奥さんになったら、きっと幸せでしょうね」

(わたしが選ばれるとは思わないけど、ね)

ガゼルはとても優しいし、シャーリーが生きることを肯定してくれたが、あの優しさはすべての人間に向けられるものだ。自分だけに優しいわけではないとシャーリーは思っている。

「なるほど……これは尻を叩かないといけないわね。イリスさん、首尾は」

「既に。あとはあの人の決断を待つだけです」

「待ち遠しいですねぇ……シャーリー様、頑張ってくださいね！」

「う、うん……？　ありがとう？」

目を輝かせる侍女に、シャーリーはおっとりと首を傾げるのだった。

しばらくしてダンスのレッスンを終えたシャーリーは、タオルを受け取って汗を拭く。

「お嬢様、お疲れさまでした」

「ありがとう。ねぇイリス。わたし褒められちゃった」

「はい。見違えるほどお上手になりましたよ」

「そうかな。えへへ……」

私室で汗を拭きドレスに着替えると、玄関ベルの音が聞こえた。

イリスを見上げると、意図を察した彼女は頷いてくれる。

二人は部屋の外にいたイザベラと合流し、公爵城の玄関ホールに向かった。

執事にコートを預ける男の元へ、シャーリーは子犬のように駆け寄っていく。

「お帰りなさいませ。ガゼル様！」

「あぁ、ただいま」

厳《いか》めしい顔がほころび、甘く微笑まれたシャーリーは胸を満たされた。

つい、と頭を差し出すと、ごつごつとした手がゆっくりと頭を撫でてくれる。

「今日は平気だったか？　何もなかったか？」

「今日はダンスを褒められました！」

「ほう、うちの侍女に認められるとは。シャーリーはすごいな」

「えへへ。ありがとうございます」

にへら、とシャーリーが笑うと、ガゼルは目を逸らした。

「ガゼル様？」

「……いや、少し眩《まぶ》しかっただけだ」

なんでもない、と呟《つぶや》くガゼルにシャーリーは首を傾げた。

ガゼルが楽な服装に着替えてから、二人は共に夕食を取った。

あの夜を経てから、ガゼルはこうして同じ時間を共有してくれている。

婚約者候補の自分に与えられる優しさが、何より嬉しい。

「たっぷり飲んでね、ジル」

「にゃあ」

ジル用の皿にミルクを注いで足元に置き、愛猫がぺろぺろする様《さま》を眺めるシャーリー。

ふとガゼルの視線を感じて姿勢を正した。

「そういえば、今日は早かったんですね？」

「予定を調整してな。溜まっていた仕事を片付けて、早めに上がらせてもらったんだ」

「わぁ、そうなんですか？　じゃあ、今日の残りの時間はずっと一緒にいられますね」

「う、うむ」

周りの微笑ましい視線に見守られながらガゼルは咳払い。

「ところでシャーリー。明日は城下に買い物へ行こうと思うのだが、君も一緒にどうだ？」

「え」

「ほら、いちおう俺たちは婚約者候補だし……そういう時間も必要だろうと思ってな」

婚約者候補は友人以上、恋人未満のような微妙な関係である。

これまでガゼルとそういう空気になったこともなかったから、シャーリーとしては嬉しいが。

「……いいんですか？」

「あぁ。実はここ一ヶ月で仕事の体制を大きく変えてな。偶然、俺にも休みが出来た。これからは月に二回くらい休日が出来ると思う。君がよければ、一緒に過ごしたいのだが」

じわじわと、胸いっぱいに温かみが広がる。

溢《あふ》れそうになる涙を堪《こら》えて、シャーリーは笑った。

「はいっ！　喜んで！」

◆◇◆◇

公爵城がある街はシュバーンと呼ばれる小麦の有名な産地だ。酪農も盛んなため、焼きたてのパンだけではなく、パイやクッキーなどのお菓子も街の名産品だった。つまり楽園である。

「わぁぁああ！」

サリウス公爵家に来てから一ヶ月になるが、城下町に行くのは初めて。

門から出て少し歩くだけで香る甘美な誘惑に、シャーリーの興奮は止まらなかった。

「すごい！　人がいっぱい！　ものがたくさん！　ここは国で一番の街ですか!?」

「違うぞ」

そもそもシャーリーは街そのものが初めてなのだ。

ローガンズ家では地下牢と屋敷を行き来する生活だったし、ここ一ヶ月、街に行くようなことなんてなかった。イリスも提案してくれなかったわけではないのだが――

（は、初めてでちょっぴり怖かったけど……でも、今はガゼル様もいるし）

ちょこん、とガゼルの裾を握りながら、シャーリーは街の空気を吸い込む。

「本当にすごい……これが世界ですか……」

「国ではないが、公爵領で一番の街だからな。だてに城下町というわけではないぞ」

どこか得意げなガゼルである。シャーリーは笑顔で振り向いて、ぐっと拳《こぶし》を握った。

「これもそれも、ガゼル様たちが魔獣から街を守っているおかげですね！」

ガゼルは虚をつかれたように固まった。シャーリーは首を傾げる。

「どうかしましたか、ガゼル様？」

いや、とガゼルは口元を押さえて目を逸らす。

「破壊力が、とんでもないな……」

「破壊力……確かに、この甘い匂いはわたしの自制心を壊してきます！」

香ばしく焼けた小麦粉の匂いだけで顔が蕩《とろ》けてしまいそうだ。

（イリスがいたら、淑女らしくって注意されそう）

今日のイリスはここから離れたところで見守っているという。他にもイザベラや護衛たちが陰で見守っているらしいので、安心してお買い物を楽しめるというわけだ。

武人としても名高いガゼルがいるのに護衛は必要なのかと疑問にも思うのだが、暗黒領域に近いため城下町には物々しい恰好《かっこう》をした者たちも多い。公爵城が雇う魔獣退治のハンターたちだろう。

万が一の時を考えると、やはり護衛は必要だろうとシャーリーは納得する。

人通りが多くて、歩いているだけではぐれてしまいそうだった。

「では、行こうか」

「はい……ひゃう!?」

いきなり手を握られて、シャーリーは思わず飛び上がった。

慌ててガゼルを見上げると、「嫌か？」と問われる。

「い、嫌なわけないです」

「ならいい。もし歩きにくいなら、肘に掴《つか》まるか？」

「いえ……」

夫人教育で習ったエスコートというやつだ。この時のために学んだと言っても過言ではない作法ではあるが、握られた手はそんな常識を溶かしてしまうほどに熱く、心地よい。

「……こっちがいいです。手、繋《つな》ぎたいです」

「そうか」

「……ダメ、ですか?」

頬を朱に染めたシャーリーが上目遣いで見上げると、ガゼルは顔を赤くする。

「……俺は構わない」

「えへへ……よかった。嫌って言われたらどうしようかと思いました」

心なしかガゼルが耳まで真っ赤になったのは気のせいだろうか。

彼もドキドキしてくれているならいいなとシャーリーは思った。

「……では、行くか」

「……はい」

付き合いたての恋人のごとき空気を纏《まと》い、二人は手を取り合って歩き出した。

とはいえ、甘くてぎこちない空気も最初だけで――

「ガゼル様、このパイ、美味《おい》しそうです!」

「さっきクッキーを買っただろう。店主、一つ頼む」

「ガゼル様、こちらのパンはなんていうパンでしょう? 具材が挟まってます!」

「カスクートだな。色々な種類がある。店主、生ハムとアボカドのサンドを二つ頼む」

甘いものに理性が陥落したシャーリーはイリスに教えてもらった秘技『おねだり』を発動し、ついつい ガゼルに色んなものをせがんでしまう。とはいえ昨晩『なんでも好きなものを買ってやる』と言ったのはガゼルなので、きっと許してくれるだろう。それどころか……

「君はもっとこう……なんだ、我儘《わがまま》を言っていいのだぞ」

ガゼルは困ったように言ってくるのだ。

「へ？　いっぱい買ってもらってますけど」

「もっとあるだろう。こう、ドレスとか、宝石とか。欲しいならいくらでも用立てる」

シャーリーはぶんぶんと首を振った。

「お菓子とケーキで十分です！　それに、もういっぱいもらってますから」

「何をだ？」

「えっと……ガゼル様、しゃがんでください」

「こうか」

しゃがんだガゼルの耳元に口を寄せて、シャーリーは囁《ささや》く。

「二人っきりでお買い物して、好きなものを共有出来る時間、です。わたし、とても楽しくて」

言い終え、顔が沸騰したシャーリーは頭から湯気を出して俯《うつむ》いた。

「えへへ。婚約者候補なのに何を言ってるんでしょう。恥ずかしいですね、わたし」

「……君の可愛さはとどまることを知らないな」

「え？」

「なんでもない。ほら、次に行こう」

「あ、はい」

心なしか顔が赤くなっているガゼルを見ると、シャーリーは嬉しくなる。

婚約者候補として少しは意識してくれているのだろうか。

「ガゼル様、さっきなんて言ったんですか？」

「あっちに王国一のケーキ屋があると言ったんだ」

「え⁉　ほんとですか⁉」

「冗談だ」

「もうっ‼　ガゼル様、それは笑えない冗談ですよっ？」

「そこまでか？」

わいわいと笑い合いながら街を歩く二人の手は固く繋《つな》がれている。

そのあと、ガゼルの要望でドレスや宝石を買い、一日のデートは終わりを告げた。

それはとても夢のようなひと時で、人生で最高の時間だったと迷いなく言える。

また来よう、と言ってくれたガゼルにシャーリーは花のように微笑んだ。

◆◇◆◇

「お嬢様、今日のお勉強はもう終わりです」

「あぅ……」

優しくも厳しいイリスの言葉がシャーリーの耳朶を打つ。

ぴしゃりと本を閉じられた彼女は頬を膨らませてイリスを見上げた。

「でもイリス、まだ百冊しか読んでないわ」

「一ヶ月で百冊も読めば十分です。お嬢様は頑張りすぎです」

イリスはシャーリーの前で膝をつき、視線を合わせて両手を取った。

「どうかご自愛ください。ここは公爵城。あなたがそこまで頑張る必要はないのです」

「……でも、頑張らないと、ガゼル様に婚約者にしてもらえないわ」

「旦那様なら、お嬢様が根を詰めることを何よりも嫌がるかと思います。さ、今日は終わりです」

「むぅううう」

追い出されるように蔵書室を後にしたシャーリーは、イザベラを伴い裏庭を歩くことにした。

イリスは手持ちの仕事を終わらせてくると言って離れているため、今はイザベラと二人きりだ。

「天気がいいので散歩でも行って来ては？」とイリスに笑顔で言われていたのである。

「目が笑っていなかったわ。イリスはとっても優しいけど、時々怖いのよ」

「彼女は誰よりも主《あるじ》を思っていますよ。どうか分かってあげてください」

「それは分かってるんだけど」

「我が主《あるじ》は一度倒れてしまいましたからね。半月ほど前でしたか」

「うぅ。絶対そのせいよね……」

公爵城にも慣れてきて二週間が経った時だろうか。張り切りすぎて、一度倒れたのだ。

そのことが原因で、使用人全員へシャーリーの頑張りすぎを見張るようにとお達しが出た。

イリスも何より責任を感じ、今では夫人教育をそうそうに切り上げようとするきらいがある。

「我が主《あるじ》、歩きましょう。偉大なる大騎士曰《いわ》く、日光を浴びると人は強くなれるそうですよ」

「イザベラみたいに強くなれる？」

「それはとても高い目標ですね。身体を鍛えませんと」

「にゃーお」

「まぁ、ジル。今の鳴き声はどういうこと？　無理って言いたいの？」

散歩についてきたジルがシャーリーの身体をよじ登り、肩に座って甘噛みする。

もふもふする尻尾に頬を撫でられながら、シャーリーは笑った。

「そうね。頑張らないとね」

「その意気です。我が主《あるじ》。運動ならいくらでも付き合いますよ。私は主《あるじ》の騎士ですから」

「頼もしいわ、イザベラ」

他愛もない話をしながら笑い合い、二人はジルを見つけた池に行くことにした。

「この前はちゃんと見れなかったものね。もしかしたら、ジルの家族がいるかもだし」

お別れするのは辛いが、母猫が探していたとしたらシャーリーは迷わず手放すことを選ぶ。

家族と引き裂かれる苦しみは誰よりも分かっているから。

「にゃお！」

「ふふ。そうならないといいね」

ジルが抗議するように頭を引っ掻いてきて、シャーリーは苦笑する。

（わたしだって、お別れしたいわけじゃないのよ？）

そんなことを思いながら歩いていくと、すぐに池までたどり着いた。

「わぁ……改めて見ると、綺麗ね」

木漏れ日から漏れた光が水面をきらきらと輝かせ、心地よい風が流れている。

夜になると溜め込んだ光が池を発光させるらしいから、今度は夜に来てもいいかもしれない。

「ここでお昼寝したいくらい気持ちいい……あら？」

シャーリーは向こう岸に人影があることに気付いた。

苦しそうな呻《うめ》き声が聞こえて、イザベラと共に慌てて人影の元へ。

「我が主《あるじ》、いけません。無闇に近づいては……」

「あ、あの、大丈夫ですか？」

「あぁん？」

そこにいたのは、厳《いか》めしい顔をした老婆だった。色褪《いろあ》せた金髪は腰まで伸び、黒いドレスは喪服のようだ。

威圧的な態度、それと夜に出会ったら悲鳴を上げそうな出で立ちと相まって、シャーリーはびくりと肩を震わせる。だが、「いづっ」と老婆が苦しむ様《さま》を見て、ハッと我に返った。

「あ、あの。大丈夫ですか？」

「わ、我が主《あるじ》、その方は……！」

イザベラが何か言おうとした瞬間、ギロリッ！　と老婆が眼光を鋭くした。

たった一睨《ひとにら》みで忠義の騎士を黙らせた老婆だったが、再び痛みに呻《うめ》き、シャーリーは振り返る。

「イザベラ。おばあさんが休めるように敷物と冷水を用意して」

「で、ですが。私はシャーリー様の護衛が……」

「公爵家の敷地内で誰も襲ってこないわよ。急いで、早く！」

「……っ、そ、そこから動かないでくださいね！」

イザベラが走り去ったのを見届け、シャーリーは老婆に肩を貸した。

「おばあさん、大丈夫ですか？　こっちに移動しましょうね」

「うぐ……情けない……こんな小娘に世話を焼かれるなんて……」

老婆を木陰に休ませるとすぐにイザベラが戻ってきた。敷物の上にうつぶせで老婆を寝かせたシャーリーは、氷嚢《ひょうのう》を腰に置き、老婆の背中をさすっていく。

「おばあさん、どう？　楽になったかしら？」

「フン……余計なことしやがって」

「ふふ。顔色が良くなってきたわ。目は口ほどにものを言うとはこのことね」

老婆が舌打ちする。公爵家の敷地で休んでいたということは、使用人か何かだろうか。ドレスは使い古したものを着ているし、イザベラが剣を抜かなかったのだから、怪しい人ではなさそうだ。

「おばあさん、お名前はなんていうの？」

「人に名前を聞く時は自分から名乗れとお母さんに教わらなかったのかい」

「そっか、そうよね。ごめんなさい。わたし、シャーリー・ローガンズ。つい一ヶ月前、サリウス家に来たばかりなの。今は婚約者候補という立場よ。よろしくお願いね」

「ローガンズぅ？」

老婆は顔を歪めた。

「あのローガンズかい？　あたしゃローガンズがこの世で一番嫌いなんだよ……！」

「まぁ、奇遇ね、おばあさん。わたしも同じくらいあの人たちが嫌いなの」

なにせ人生のほとんどをひどい目に遭わされたのだ。表立って口に出したりしないが、正直二度と関わりたくない。他人がローガンズ嫌いだと聞いても共感してしまうくらいだ。

「……ローガンズに生まれたにしては礼儀があるね」

「ふふ。ありがとう」

若干態度が柔らかくなった老婆に微笑み、シャーリーは彼女の背中を優しくさすり続ける。

「おばあさんの名前は？」

「……あたしゃゲルダだ」

「ゲルダさん。腰はもう大丈夫かしら？」

「ハッ、大丈夫なわけあるかい。もう年だからねぇ。色々ガタが来ちまってんのさ」

ゲルダは自嘲するように言った。

「長年酷使しすぎたせいでね……ちぃっとばかり厄介な病気にかかっちまった。魔力血栓っつーんだけど……まぁあんたには分からないか。とにかく、寄る年波には勝てないってことさ」

「そうなんですか……」

言われてみれば、腰にしこりがあるように思う。

下手に触って大丈夫か危《あや》ぶみつつも、シャーリーは彼女の快復を祈らずにいられない。

「おばあさんが、早く良くなりますように」

そっと目を瞑《つぶ》ると、瞼《まぶた》の裏で光が弾けた。

「「は？」」

イザベラとゲルダの重なった声が聞こえて、シャーリーは目を開ける。

「どうかしたの？」

きょとん、と首を傾げれば、イザベラは愕然とシャーリーを見ていた。

ゲルダは起き上がり、身体の調子を確かめている。

「……治ってる」

「おばあさん？」

「…………あんた、一体」

ゲルダがこちらを見て何かを言いかけたが、やはり何も言わずに首を振る。

「いや、もう大丈夫だ。あんたの介抱のおかげだよ」

「そう？　それなら、よかったのだけど」

最初は迷惑そうにされていただけに、その言葉はありがたい。

ゲルダは「よっこらせ」と木陰に座り込み、シャーリーを見上げて言った。

「で？　あんたはこんなところで何してんだい。婚約者候補といっても、夫人教育ぐらいは受けさせてもらってるんだろ？」

「それが……頑張りすぎだって言われちゃって」

「ふぅん？」

ゲルダに促《うなが》されて隣に座ったシャーリーは、仕事をしすぎて倒れたことと、身体が貧弱なこと、ガゼルを含めた使用人たちが優しすぎて、することがなくて困っていることを話した。

「なるほどねぇ……」

「おばあさん、どう思う？　わたし、どうしたらいいのかしら」

「そりゃあんた、身体を鍛えるしかないだろうよ」

「イザベラと同じ意見だわ。やっぱり、わたしも走り込みとかしたほうがいいのよね」

思わしげに首を傾げると、イザベラが割り込んできた。

「主《あるじ》が走り込みをしたら一瞬で倒れてしまいそうなので、ガゼル様の許可が必要ですよ」

「むぅ。イザベラ、ひどいわ」

「主《あるじ》の健康を守るのも私の仕事ですので」

澄ました態度で応《こた》えるイザベラであった。

「……ずいぶん懐いてるじゃないか」

ぽつり、とこぼしたゲルダの言葉に、イザベラの肩がぴくりと跳ねる。

「……ま、いいさね。で、あんたのことだけど」

ゲルダはシャーリーを見据えて続ける。

「運動は毎日の積み重ねが大事だ。焦らないことが大事だよ」

「うん。それはみんなにも言われたわ。でもわたし、もっとガゼル様のお役に立ちたいのよ。まだ婚約者候補だけど……わたし、あの方に救われたの」

ゲルダは顎《あご》に手を当てて言った。

「……なら、鞘《さや》を作ったらどうだい」

「鞘《さや》？　それって、剣の鞘《さや》かしら？」

「そうだ。代々の公爵夫人は夫となる男に鞘《さや》を送って来た。戦いの無事と帰還を願ってね。鞘《さや》に自分の色の宝石を嵌《は》めたり、刺繍《ししゅう》をしたりして浮気をしないようにする意味もある」

「ガ、ガゼル様が浮気……そんなこと、しないと…………思うけど……」

「ひっひっ、分からないよぉ。あの子も男だからねぇ」

その時のことを考えるだけで、きゅぅと胸が締め付けられてしまうシャーリー。

そんな彼女の肩に手を置きながら、ゲルダは優しく言った。

「まだ起きていないことを不安に思っても仕方ない。そうならないためにも、鞘《さや》を作るのさ。婚約者候補とはいえ、相手を思って贈り物をすれば、きっと喜んでくれるだろう」

「……うん、そう。そうよね」

ガゼルの想いを繋《つな》ぎ止めるのは自分次第だ、と言われている気がしてシャーリーは拳《こぶし》を握る。

「わたし、頑張るわ。おばあさん、ありがとう」

「おう。頑張りな」

「そうと決まれば早速鞘《さや》を作らないと。おばあさん、またね」

「あぁ、またね」

ゲルダと別れたシャーリーは、屋敷への道すがらイザベラに振り返った。

「なんだかすごい人ね。あんな使用人の方がいたなんて。わたし、初めて見たわ」

「……普段は別棟のほうにいるんじゃないでしょうか。それで会えないとか」

「そっかぁ。だったらまた会えそうね」

「そ、そうですね。あはは……」

イザベラの笑みはぎこちない。もしかしたらシャーリーが使用人と距離を縮めることをよく思っていないのかもしれない。ローガンズ伯爵家では主人と使用人には明確な線があったものだし。

(わたしは婚約者候補だもの。そのことを忘れないようにしなくちゃ)

「ところでシャーリー様」

イザベラはイリスと同じ、目が笑っていない笑みで言った。

「知らない人に無闇に近づいてはいけません。いいですね？」

「あぅ……分かったわ……」

イザベラの勢いに、シャーリーはこくこくと頷くのだった。

◆◇◆◇

「鞘《さや》ですか。いいですね」

本邸に帰ったシャーリーは早速イリスに相談してみることにした。なにせ生まれてこの方、鞘《さや》など作ったことがない。魔術士が使う杖ならば設計図を見たことはあるのだが。

自室のベッドでジルを膝に乗せながら、シャーリーは首を傾げる。

「あ、でも、ガゼル様の鞘《さや》って特製の魔道具だったりするのかしら」

そうだとしたら、自分のものは使ってもらえないかもしれない。命に関わることなのだから、魔道具のように便利で強いものがあるならそっちを使ったほうがいいに決まっている。

「確かにそういう騎士も少なくありませんが、ガゼル様の鞘《さや》は普通のものですよ」

「イザベラが言うなら間違いありませんね」

「ど、どういう意味だっ！」

「だってあなたはガゼル様のストー……失礼、猿真似……失礼、ファンでしょう」

「誰が万年こじらせ体質の粘着ストーカーだ⁉」

「イザベラは放っておくとして」

イリスが咳払いして話を戻した。

「ともあれ、鞘《さや》を作るなら専門の職人を呼ばないといけませんね。鞘師《さやし》は当然として、金属職人、宝飾職人、あとは革職人でしょうか。ガゼル様がいない時間に公爵城へ来るよう手配します」

「ありがとう、イリス」

「シャーリー様はどのような鞘《さや》を作るか明日までにイメージしてくださいね」

「が、頑張るわ」

そうしてシャーリーは夕方になるまで蔵書室にこもり、鞘《さや》とはどういうものかを勉強する。

護衛騎士であるイザベラの話は騎士団に所属していたこともあり、とても参考になった。

やはり騎士それぞれ鞘《さや》へのこだわりは違うらしく、デザインの選定は難航している。

「難しい顔をしているな、シャーリー」

「へ？」

食事中、手が止まっていたシャーリーはガゼルにそんなことを言われた。

目の前にケーキがあるのに、ぼーっとしてしまったのだ。

「何か悩み事でもあるのか？」

「えぇっと、そういうわけではないんですが」

シャーリーは目を泳がせた。

出来れば鞘《さや》の完成まで贈り物については内緒にしておきたい。

さぷらいず、というのはすべての男性が喜ぶと本に書いてあったのだ。

「そうだっ、ガゼル様の剣を見せてもらえませんか？」

「俺の剣？　なぜだ？」

「いつも公爵領を守ってくださってるので……その、見てみたいなと。ダメ、でしょうか？」

（い、言い訳が苦しすぎるかしら。うぅ。どうかバレませんように……！）

ガゼルは薄紅色の瞳を瞬《またた》かせ、「ふむ」と腰を上げた。

「別に構わない。ただ、見ても面白いものではないぞ」

（やったわ！　これでガゼル様の今の鞘《さや》がどんな感じか分かる！）

ガゼルは執務室に剣を取りに行き、ほどなくして戻ってくる。

「俺の剣はこれだ」

「わぁ……思ったより大きいですね」

「思ったより？」

「こ、こっちの話ですっ！」

食堂のテーブルに、ごとりと大剣が置かれた。

――それは鉄の塊《かたまり》だった。

槍とみまがうほどに長く、丸太を思わせるほどに太い。

刀身は黒ずんでおり、魔獣の血が染みついているような斑点があった。

「名工ドゥルアングの打った燐黒石《りんこくせき》の大剣だ。俺が公爵になってからずっと使っている」

「……すごい、ですね」

シャーリーは身を乗り出して刀身を覗《のぞ》き込んだ。

「触っても良いですか？」

「あぁ。刃先には触れないようにな」

ひやりとした金属の冷たさが手のひらに伝わる。大剣に刻まれた魔獣の断末魔が聞こえてくるようで、シャーリーは目を閉じ、彼が戦ってきた軌跡に思いを馳せる。

「……いつもガゼル様を守ってくれてありがとうございます」

「……！」

シャーリーが目を開けると、ガゼルは呆然と目を見開いていた。

「ガゼル様？」

「……」

「ガゼル様～？」

ハッ、とガゼルは我に返る。

「い、いや、なんでもない」

普段は厳《いか》めしい顔が、ふわりと、柔らかく微笑む。

「ありがとう」

きゅんっ、と胸が高鳴った。

（え、今の……可愛い）

心臓が早鐘を打つ。感じたことのない胸の疼《うず》きがシャーリーを突き動かした。

気付けば彼女の手は、ガゼルの頬に添えられていた。

「……シャーリー？」

「ぁ」

呼びかけられて、ハッと我に返る。

慌てて飛び退いたシャーリーはぱたぱたと両手を動かした。

「あ、や、今のは、その、あはは……何をやってるんでしょう、わたし」

「……」

「……」

どちらからともなく見つめ合って、顔を赤くして目を逸らす二人。

気まずい沈黙をどうにかしようと視線を彷徨《さまよ》わせたシャーリーは、テーブルの上に目をとめた。

(あ、そうだわ、鞘《さや》！　鞘《さや》のこと聞かないと！)

「ガ、ガゼル様。剣のほうは見せていただきましたけど……鞘《さや》はありますか？」

「あ、あぁ。もちろん」

ガゼルは足元に立てかけていた鞘《さや》をテーブルに置いた。

重厚な、一見すると鉄のように見える鞘《さや》は無骨な木製の造りになっている。

大剣と似通っているとはいえ、どこか味気ないような気がした。

(イザベラの鞘《さや》は家紋みたいな模様が入っていたけれど……)

「ガゼル様、鞘《さや》にこだわりはないんですか？」

「強いて言うなら丈夫さを重視している。俺の場合、身体強化魔術でこの大剣を振り回すからな。これを見てくれ。この内側部分は黒曜石を削った粉を塗料にしてあるのだが、これによって刃の滑りが良くなり、刃こぼれもしにくくなるんだ。鞘職人《さやしょくにん》の技術は素晴らしい。分かるか」

「ふふ。ガゼル様が武器にこだわっているのは感じました」

シャーリーが微笑ましく言うと、ガゼルは顔を赤くして目を逸らした。

「す、すまん。喋《しゃべ》りすぎたな」

「いいえ。もっと聞かせてください。わたし、ガゼル様のこと知りたいです！」

思えば自分のことを話すことはあっても、ガゼルの話を聞いたことはあまりなかった。ガゼルの思いやこだわり、好きなものや嫌いなものを知ることで、鞘《さや》づくりに役立つかもしれない。

(まぁ、それだけじゃないけど……ガゼル様が饒舌《じょうぜつ》になるところ、可愛いし)

にこにこ、とガゼルの意外な一面を見て顔がほころぶシャーリー。

身を乗り出している彼女を見て、ガゼルは口元に手を当てて俯《うつむ》いた。

「君な……俺だって男なんだぞ……」

「はい？　もちろん知っています」

「これでもかなり我慢しているというのに」

「我慢ですか？」

「……いや、まだ候補だが……ちゃんと言葉にしない俺も俺か……？」

ぶつぶつと一人で喋《しゃべ》るガゼルを見て、シャーリーは心配顔になった。

「ガゼル様、大丈夫ですか？　お腹痛いんですか？」

「そういうことじゃないんだよなぁ」

ガゼルの悶々とした顔に、シャーリーは無邪気に首を傾げるのだった。

◆◇◆◇

魔獣とは自然に発生する災害であり、害獣である。

一節には魔神の残滓《ざんし》とも呼ばれており、人間を襲い、作物を荒らす魔獣を人々は疎んでいた。

ことに北方の暗黒領域と呼ばれる場所からやって来る魔獣は手強く、人々はこれを食い止めるために対魔獣戦線を構築、以後、サリウス公爵家がその任を担《にな》っている。

魔獣戦線のトップに立つガゼルの仕事は多岐にわたり、基地の管理、後進育成、騎士団の運用、魔獣対策の立案に加え、公爵領の執務も含まれている。

常人では過労死してしまうほどの仕事量で、とても家に帰っていられる余裕はなかった。

——つい最近までは。

「今日は半日勤務だ。早めに上がらせてもらうぞ」

「「「!?」」」

前線基地の事務室に戦慄《せんりつ》が走る！

「ガ、ガゼル様が早上がり……!?　いつも半日勤務でも遅くまで残ってるのに！」

「明日は空から槍でも降って来るのか!?」

ギロ、とガゼルが睨《にら》むと、途端に事務室は静けさを取り戻し、黙々と作業に戻る。

そんな中、気安くガゼルの肩を叩いたのは副官である金髪の美青年、クリスだ。

「隊長～、なんか最近変わりましたねぇ～」

「何がだ」

「ほら、ちょっと前まで仕事中毒だったじゃないですか。日付が変わるまで仕事をして当たり前だったし、基地で寝るのも当たり前、公爵城になんて月に数えるほどしか帰らなかったでしょう」

「……」

「例の婚約者候補、そんなに可愛いんですか？」

くわっ、と事務室にいる人間が耳を大きくして聞き耳を立てる。

普段は研ぎ澄まされた刃のような仏頂面《ぶっちょうづら》のガゼルを、誰もがそっと窺《うかが》った。

「……まぁ、可愛いな」

「へぇ～～～～！　隊長がそんなことを言うなんて！」

囃《はや》し立てるような副官の言葉に、さらに仏頂面《ぶっちょうづら》になるガゼル。

「俺は常に思っていることしか言わん。可愛いものは可愛い。お前は常に鬱陶《うっとう》しい」

「ひどすぎる⁉　隊長の仕事肩代わりしてあげてるのに！」

「ほぉ。今まで俺がやっていただけで本来は諸君らの仕事だったのだがな。なるほど、そういうことならもっと仕事を振っても大丈夫だな。お前が成長してくれて俺も嬉しいぞ」

事務官たちの非難の目がクリスに集中した。

「ちょ、それは洒落《しゃれ》になんないですって！　すいませんでしたぁ――――！」

「とにかく俺は帰る。明日の仕事まで終わらせたからな。頼んだぞ」

「隊長ぉ⁉　あ、ちょ、待って。マジで助けてぇ――――⁉」

クリスは事務官たちからにっこりと微笑まれ、残業地獄へ引きずり込まれていった。今までは手を貸していたが、それでは後進が育たずいつまでもガゼルに依存したままだ。

（まぁこれもいい機会だ。少しずつ仕事を減らしていこう）

王宮にいる軍務大臣から仕事中毒だと注意されることはあった。ガゼルに仕事が集中していることにより事務官たちが育たず、ガゼルがいなくなれば崩壊する職場になってしまっていたからだ。それもあって少しずつ教育に力を入れていたのだが、本格的に始めたのは一ヶ月と少し前から。

（……あの子が待ってる。早く帰ろう）

公爵城に帰っても一人ではない。公爵でも隊長でも主《あるじ》でもない、自分を待ってくれる人がいる。無邪気で、お菓子が好きで、しかし時に芯の強さを感じさせる婚約者候補。

猫を助けるために冬の池に飛び込んだと聞いた時は驚いたものだ。

（……変わった、か。確かに、俺がここまであの子を気にかけるとは）

自分の心に変化を感じれば感じるほど、夕食をすっぽかした失敗が悔やまれる。虐《しいた》げられてきたあの子に対してあまりに配慮が足りなかった。せめてちゃんと向き合い、話し合っていれば……

――それを繰り返さないために帰るのだ。

厩舎に来たガゼルは息をつき、馬に乗り込んだ。

公爵城まで五分だ。すぐに会えるだろう。そう思い、ガゼルは馬を走らせるが――

「公爵様、大変、大変です！」

「……なんだ？」

突如、伝令が血相を変えて走って来た。

馬を止めたガゼルは伝令から公爵城の通信文を受け取る。緊急時に備《そな》え、公爵城と前線基地は魔道通信で繋《つな》がっており、何かあった場合には必ずガゼルの元へ連絡が来る手筈《てはず》となっている。

すぐに帰るから、直接聞いてもいいのだが——

なんとなく嫌な予感がして、ガゼルは手紙を開けることにした。

「……何？」

マモンからの文字を追っていくにつれて眉間の皺《しわ》が深くなっていく。

「ローガンズの令嬢が公爵領の関所を越えただと……？」

◆◇◆◇

シャーリーが鞘《さや》の完成を聞いたのはその日の午後のことだった。

ガゼルに鞘《さや》を見せてもらってから既に二週間が経っている。

つい先日、イリスが手配した職人たちと公爵城で打ち合わせしたのにあっという間だ。

「いつ公爵城に届けたらいいかと聞かれました。お嬢様、どうします？」

「ガゼル様に隠して作ってるから、バレないように時間を調整してってことよね？」

職人側には公爵城の動きが分からないから当然のことである。ただ、今日はガゼルが半日勤務で
もうすぐ帰ってきてしまうため、今日来てもらうというわけにはいかない。

けれども、シャーリーとしては早くガゼルに鞘《さや》を贈りたいわけで……

「イリス、こちらから取りに行くのダメかしら？」

「ダメではありませんが……人を送っては？」

「自分で取りに行きたいの」

「……分かりました。お約束事を守れるなら」

イリスやイザベラから離れない、勝手にものに触らない、誰かにお菓子をもらっても食べない。

などなど、いくつかのお小言じみた約束を交わし、シャーリーは街へ繰り出すことにした。

シュバーンの街はガゼルと来た時と変わらずにぎわっている。

相変わらず美味《おい》しい匂いが漂《ただよ》っていて、シャーリーは我慢するのが大変だった。

(ダメよ、わたし。お昼ご飯はガゼル様と一緒に食べるんだもの。だから我慢……)

「シャーリー様、お土産《みやげ》ならイリスも許してくれるのでは？」

イザベラの提案にハッと顔を上げ、イリスに振り向くシャーリー。

期待の色を覗《のぞ》かせるアメジストの瞳に侍従は陥落した。

「仕方ないですね。但《ただ》し、一種類だけですよ」

「ありがとう！　イリス大好き！」

「うぐ。この笑顔を見たらすべて許してしまう自分が憎い……」

「分かる。分かるぞ、イリスよ」

「ねぇねぇ、二人はどれがいいと思う？　わたし、このナッツのケーキが気になるんだけど……」

公爵城にいる使用人たちの分は後で送ってもらい、ひと箱だけ自分の手で持つことにした。

このひと箱はガゼルと一緒に食べる分だ。自分で持ちたいと我儘《わがまま》を言ったのである。

鞘師《さやし》の家はシュバーンの郊外にあり、時折小型魔獣が入り込む危険な場所にあった。

二人の従者に左右を挟まれたシャーリーは無事に鞘《さや》を受け取り、大事そうに胸に抱える。

「ガゼル様、喜んでくれるかしら？」

「きっとお喜びになりますよ」

「イリスの言う通りです。もし私がもらったら泣いて喜ぶ自信があります」

「そ、そうかしら。ふふ……」

ガゼルの大剣の鞘《さや》だからかなり大きいが、素材に太陽樹を使っているため、見た目ほどの重さはない。これをガゼルが常に背負うかと思うと、この重さが心地よいくらいだった。

「お嬢様、疲れたら仰《おっしゃ》ってくださいね。休憩しますから」

「ありがとう、イリス」

シュバーンの郊外から公爵城まではちょっとした距離がある。馬車を使わなかったのは街を歩きたかった自分の我儘《わがまま》だが、疲れたら馬車を手配すればいい。

イリスの提案にありがたく頷き、シャーリーは帰途につく——

「——みーつけた♪」

刹那《せつな》だった。

ぞわりと、背筋を舐められるような悪寒が走った。

聞き覚えのある声だ。聞くだけで震えが止まらなくなり、歯の根が合わなくなるような。

三人の頭上に影が差した。そう思った時、『彼女』は目の前にいた。

「綺麗なお洋服着せてもらってるじゃない。ねぇ、シャーリー？」

「ぁ、ぁ……」

光を反射する銀髪は妖精のように幻想的で、女性的な肢体《したい》は男を虜《とりこ》にする魔性の美。

鼻筋の整った顔立ちと口元を歪ませ、カレン・ローガンズは言い放つ。

「その服、あんたにはもったいないわ。ワタシが全部ひん剥《む》いてあげる」

「カ、カレンお義姉《ねえ》、さま……」

従者たちの反応は早かった。

「お嬢様、お下がりを」

「カレン・ローガンズ。どの面下げてここへ来た！」

イザベラの叫びに、カレンは扇《おうぎ》で口元を隠して鼻を鳴らす。

「あらやだ。従者の躾《しつけ》もなっていないのね。あなたたち、どの立場でワタシに口利いてるの？」

ゆっくりと、カレンが手を上げる。

シャーリーは顔色を変えて叫んだ。

「二人とも、下がって！」

遅かった。

「《跪《ひざまず》け》」

「「え!?」」

不可視の重みが、イザベラとイリスを地面に叩きつけた。

重力魔術。ローガンズ家が得意とする、先祖代々の固有魔術だ。

「ぐ、か、らだが……動かない……！」

「無詠唱、しかも魔術の起こりがまったく見えなかった……主様《あるじ》から聞いていたが、これほどとは……ぐっ……！」

侍女であるイリスはもちろん、護衛騎士のイザベラまでも一瞬で戦闘不能と化した。

これが、これこそが、ローガンズ史上最高の、宮廷魔術師以上の実力と名高い天才魔術師！

「さてと。これでゆっくりお話が出来るわね、シャーリー」

「お義姉《ねえ》さま……」

ぐっと、シャーリーは震えを噛み殺した。

「ふ、二人を離してください。怖いことしないで……」

「人聞きが悪いわねぇ。別に、ただ押さえつけてるだけじゃない。それともなに、もっと怖いことしてほしいっていうフリなの？　あなた、見かけによらず悪女なのね」

「ちが……っ、魔術を使わないでって言ってるんです！」

震えるシャーリーの訴えに、カレンはため息をついた。

「しょうがないわね。分かったわよ」

呟《つぶや》き、カレンは重力魔術をかけたまま、イザベラの腹を蹴り上げた。

「ぐふ……！」

「イザベラ⁉」

「ある、じ、様。どう、か、お逃げ……くだ……さい」

重力魔術の中で藻掻《もが》きながら、イザベラは切れ切れに呟《つぶや》く。おのれのみを魔術の対象外としたカレンの恐るべき術式精度を見て、シャーリーは何度も首を横に振る。

「お義姉《ねえ》さま、お話が違います！　なんでそんなこと……！」

「あらやだ。約束は守ってるじゃない。ワタシ、魔術は使ってないわよ？」

「そういう話じゃ」

「あんたが生意気なこと言うからでしょうがぁッ!!」

「ひッ!!」

街中に響き渡るような怒声にシャーリーは竦《すく》み上がった。

全身から血の気が失せて震えが止まらない。がちがちと歯の根が合わなくなり、手足が震えて抵抗する気力が根こそぎ奪われていく。込み上げてきた吐き気を堪《こら》えるのが精いっぱいだ。

「あんたごときがワタシに口答えしてんじゃないわよ！　玩具《おもちゃ》のくせに!!」

「ご、ごめんなさ」

「謝って済むと思う？　身体で詫びなさいよ――『風の弾《ヴェニクルス》』！」

「きゃあ！」

「シャーリー様！」

「主様《あるじ》！」

不可視の大気をぶつけられ、シャーリーは地面を転がった。ガゼルに買ってもらったドレスが泥だらけになり、大切に抱いていた鞘《さや》を手放してしまう。

「あ、だめっ」

シャーリーは慌てて鞘《さや》を抱え直すけれど、それを見逃すカレンではなかった。

怪訝《けげん》そうに眉根を寄せた彼女は足を踏み出す。

「さっきから思ってたけど……あんた何持ってるの？」

「……っ」

「ねぇ、ちょっと見せてよ。見るだけだから、ね？」

絶対に見るだけではない。カレンに見られたら何をされるか分からない。

「見せろって言ってんでしょ！　そんなことも出来ないの、この愚図！」

怒鳴り、脅《おど》し、力を見せつければ、義妹《いもうと》は従う。

確信めいた笑みを浮かべるカレンに、シャーリーは目に力を入れて言った。

「い、いやです……」

「なんですって？」

血が滲《にじ》む唇を噛み締め、シャーリーは意を決して顔を上げる。

恐怖で震える身体を叱りつけて、ぎゅっと鞘《さや》を抱え直した。

「これ、だけは。絶対、いや。お義姉《ねえ》さまになんか、見せない……！」

「へぇ……そんなこと言うんだ。ますます気になってきちゃった」

ぺろりと、カレンが舌舐めずりした。

「いつまでそんな抵抗が続くかしら――『風の弾《ヴェニクルス》』！　『風の弾《ヴェニクルス》』！　『風の弾《ヴェニクルス》』！」

「うぐ……！」

何度も何度も何度も――不可視の風が、シャーリーを襲う。

風の弾が当たるたびに呻《うめ》き声を上げる主《あるじ》を見て、従者たちは悲鳴を上げた。

周りも騒ぎには気付いているようだが、いかんせん、ここはシュバーンの郊外だ。まだ公爵夫人ですらないシャーリーを助けようとする者はおらず、騎士団を呼びに行くか、巻き込まれるのを恐れて家の中に閉じこもり始めるかに分かれた。カレンを見ていたら誰しもそうするだろう。

（痛くても、耐えなきゃ。これは、これだけは、絶対に……）

だが、シャーリーの意思がどれだけ固くとも、一ヶ月と少し前まで虐《しいた》げられていた女の子だ。少しずつマシになっているものの、依然として身体は痩せており、体力も心もとない。ましてや、天才魔術師が放つ風魔術に対抗出来るだけの筋力など望めなかった。

「ぁ……！」

何度目だろうか――カレンの風魔術が腕に当たり、鞘《さや》が地面を転がってしまう。

「ようやく手放したわね。玩具《おもちゃ》のくせに強情なんだから」

「ぁ、ぅ……やめて……お義姉《ねえ》さま……それだけは……」

「ふぅん」

カレンは風魔術で鞘《さや》を宙に浮かせ、布をめくる。

「はは～ん。あんたこれ、公爵様への贈り物でしょう？　あんたの字が入ってるものね？」

「……っ」

「キャハッ！　シャーリーのくせに、しっかり女の子してるじゃない！　そんなにあの野獣が気に入ったの？　ベッドの上で滅茶苦茶にされて調教されちゃった⁉」

「貴様……それ以上の侮辱は許さんぞ‼」

「何が許さないって？」

重力魔術の影響で身体が動かないイザベラが、カレンの足元に氷柱を生成する。下から上へ突き上げるように飛び出した氷柱を、カレンは一瞥《いちべつ》することなく避けてしまった。

「あんた程度の魔術がワタシに効くと思ってんじゃないわよ。雑魚」

「……っ」

「さて、と。これどうしようかしら。そうだ！　これ、あんたの前で壊しちゃおっか？」

「え」

カレンは両手を合わせてにっこりと微笑んだ。

「いいわよね？　だってワタシのものはワタシのものだし、あんたのものはワタシのものだもの」

「いや……やめて、お義姉《ねえ》さま、やめてッ‼」

「あ、ごめ～ん。もう魔術使っちゃった」

カレンは明後日の方向に目をやってから、シャーリーに視線を戻した。

「『砕け散れ《ジ・バニッシュ》』」

圧縮された重力圧が、ガゼルの鞘《さや》を粉々にすり潰そうとする。

「……いや」

シャーリーは首を振った。

たかが鞘《さや》。されど鞘《さや》。

「いや、やめて。いや」

また作ればいいと人は言うだろう。でも違う。違うのだ。

みんなで考えて、一生懸命デザインを起こした最初の鞘《さや》は、これしかないから。

夜中にガゼルと話して、彼のことを考えて作った鞘《さや》は世界でこれだけだから。

「やめてぇえええええええええええええ！」

シャーリーがたまらず手を伸ばす。鞘《さや》が重力で潰れる。

粉々に、修復不可能なまでに、嫌な音を立てて崩れていく。

そうなる前に彼は来た。

「──彼女に何をしている」

「誰⁉」

上空から大剣を振りかざし、超重量の金属がカレンめがけて落下する。

震動が世界を揺らした。

飛び散る砂埃《すなぼこり》をマントに遮《さえぎ》られ、よろめいたシャーリーは目を白黒させる。

それは魔術を邪魔されたカレンも例外ではなかった。

「な、何なの⁉」

「それはこちらの台詞《セリフ》だ。ローガンズの悪女め」

膝をつき、シャーリーの肩を抱きながら大剣を向けている男。

プラチナブロンドの髪をなびかせ、ガゼル・サリウスは言った。

「これはローガンズからサリウス家への宣戦布告と受け取るが、よろしいか」

「ガ、ガゼル様……」

「遅くなってすまない、シャーリー」

ガゼルは優しく微笑み、シャーリーの身体に視線を走らせる。シャーリーは身体を隠したかった。

土にまみれたドレス、何度も地面に打ち付けられたせいで、手には血が滲《にじ》んでいる。

とてもではないが、ガゼルに見せられるような状態ではない。

「……よくも」

ガゼルは獣じみた唸《うな》り声を上げながら立ち上がる。

「よくも、やってくれたな」

「あなた……ガゼル・サリウス公爵？」

「だからなんだ」

「へぇ～…………これは意外に……」

カレンの品定めするような視線に、ぞわりと背筋が粟立《あわだ》った。

咄嗟《とっさ》にガゼルの裾を掴《つか》み、シャーリーは縋《すが》るようにガゼルを見上げる。

しかし、ガゼルがその様子に気付く前に。

「――ねぇ公爵様。ワタシにしない？」

「は？」

先ほどまでの傍若無人《ぼうじゃくぶじん》ぶりを彼方《かなた》に消し、淑女の笑みでカレンは言った。

「だから、シャーリーの代わりにワタシを婚約者にしないか、って話よ」

「…………はぁ？」

「元々ワタシがあなたの婚約者になる予定だったんだもの。諸事情で身代わりを立てたけど……所詮その子は代理。ワタシがそっちに行けばすべて丸く収まるわ。完璧ね♪」

シャーリーに婚約者を押し付けてきたのはカレンのほうだ。それを諸事情で片付け、あまつさえ義妹《いもうと》を押しのけて婚約者に居座ろうという態度に、その場の全員が嫌悪感を抱いたようだ。

「ありえないな。貴様を婚約者など」

「冷静にお考えになって？　あなた、もうその子が魔術を使えないって知ってるでしょう？　その子が役に立つことは誰にでも出来る雑用しかないわ。そんな使用人じみた女を妻にしていいの？」

「……」

「ローガンズ史上最高の天才と言われるワタシが婚約者になれば、魔獣戦線に貢献出来るわ。それだけじゃない。今までの魔術の常識を塗り替える、ローガンズのすべてを教えてあげる。しかもそれをサリウス家の血に取り込めるのよ？　貴族の義務として、ワタシを婚約者にすべきでしょう？」

「シャーリーはどうなる」

「キャハッ、心配ないわよ。だってその子は存在しない女だもの」

ローガンズ伯爵はシャーリーが生まれた時に出生届を出していない。もちろん貴族としてのデビュタントはおろか、洗礼式にだって出していない。書類上は存在していないのだ。

「ワタシが玩具《おもちゃ》として引き取るわ。身体も貧相だし、夜のお勤めもままならないはずよ」

自己評価の低いシャーリーは俯《うつむ》いて唇を噛みしめた。

(そう、だよね。わ、わたしと違って、お義姉《ねえ》さまは綺麗、だし……)

まるで神に祝福を与えられたかのような、圧倒的な美貌。

女性らしいふくよかさと魔術師として引き締まった肉体という、美と強さの複合体。

そんなカレンに勝てるところなど、シャーリーには一つとしてない。

だからこの時も、シャーリーはただ俯《うつむ》いて、ぎゅっと目を瞑《つぶ》ることしか出来なかった。

ガゼルの手が、優しくシャーリーの頭を撫でるまでは。

「馬鹿にするな」

「は?」

シャーリーが目を開けると、ガゼルは頼もしい笑みを浮かべていた。

安心しろ。大丈夫だ。彼の眼差しが、声なき声を届けてくる。

「俺がシャーリーを捨てることなど、生涯ありえない」

「魔術が使えないのよ? 役立たずの愚図なのよ? なんでその子を!」

「能力の有無ではない。血筋で決めるわけでも、境遇に同情したわけでもない」

悪女を断罪する騎士のごとく、彼は告げる。

「俺はシャーリーだから傍に置いている」

「ぁ」

涙が止まらない。

胸が熱くて、温かくて、切なくて。胸がぎゅっと締め付けられる。

「シャーリーを傷つける者は誰であろうと許さない。たとえ王族であろうと」

「な、ん……っ」

「俺の生涯をかけてこの子を守り抜く」

（しょう、がい……？　それって……）

シャーリーの驚きをよそに、カレンは気圧《けお》されたように後ずさる。

「カレン・ローガンズ。貴様にはいくつも罪がある」

その鼻先に、ブンッ!!　と大剣が突きつけられた。

「どれも王国裁判所に提訴すれば懲役を免《まぬが》れない罪だが——ローガンズの権力を使って保釈されるのも頭にくる。故《ゆえ》に選べ。今ここで俺に断罪されるか、すぐさま領地へ帰るか！」

「こ、このワタシに向かって……後悔するわよ!?　ローガンズを敵に回すつもり!?」

「それがどうした」

ガゼルは鼻で笑った。

「ローガンズごときに負ける俺ではない。分かったら消えろ。この痴《し》れ者がぁッ!!」

「う、ぐ……ッ！」

カレンはみっともなく尻もちをついた。

「わ、分かった、分かったからもう怒鳴らないで！　ワタシはただ、支度金を催促しに来ただけなんだから！　ワ、ワタシの口座に期日までに振り込んで！　絶対よ、いいわね⁉」

どこからか取り出した羊皮紙《ようひし》を残し、カレンは指を鳴らす。

ローガンズの悪女は光に包まれて姿を消した。

「転移魔術……か。宮廷魔術師すら個人で使えない伝説の魔術をあんな簡単に……」

ガゼルはしばらく気配を探っていたようだが、一拍の間を置いて力を抜いた。

「シャーリー、大丈夫か？」

「〜〜〜っ」

シャーリーはガゼルの胸に飛び込んだ。分厚い胸板に顔を押し付け、涙を見せまいと。

「い、痛いのか？　大丈夫か？　やはりあの悪女、今からでも捕まえて」

「ち、違うんです」

ただ、嬉しくて。

ガゼルが言ってくれた言葉の一つ一つが、宝物みたいに輝いていていて。

「わたし……っ」

シャーリーはガゼルの裾を握りしめ、上目遣いで見上げた。

「ガゼル様……さっきの、どういう意味ですか？」

「さっきの、とは」

「その……生涯をかけて……というくだりです……」

気恥ずかしげなシャーリーの言葉に、ガゼルはハッ、と息を呑んだ。

「いや、あれは……」

「あれは……？」

(やっぱり違ったのかしら。あれは、お義姉《ねえ》さまの前だから言った言葉で……)

心なしか残念そうに肩を落とす婚約者候補を見て、ガゼルはぎゅっと目を瞑《つぶ》った。

そして覚悟を決めたように息を吐き、シャーリーの前に膝をつく。

「シャーリー・ローガンズ嬢」

「は、はひ」

まるで姫が騎士に誓いを立てるような仕草にシャーリーの心臓が暴れ出す。

周囲の景色がまたたく間に遠ざかり、ガゼルの姿しか目に映らなくなる。

顔に熱が集まる彼女をまっすぐ見つめて、彼は短剣《ダガー》を差し出してきた。

「我が剣はあなたを守る盾となり、また矛《ほこ》となる。いついかなる時もあなたを慈《いつく》しみ、我が心を捧げることを誓おう。この命、この魂、この想い、すべてあなたに捧げる」

「……っ」

小さな手に乗せられたダガーはずっしりと重い。

魔獣が頻出する北部において、異性にダガーを捧げる行為は求婚の意味を持ち――

あなたに命を預ける、ということを示す。

「どうか、受け取ってほしい」

頭を垂れたガゼルを前に、シャーリーはごくりと唾を呑んだ。

その重みに負けそうになる。その想いを取りこぼしそうになる。

でも、それ以上に、胸がぽかぽかして、嬉しくて、手を伸ばした。

「あなたの心を受け取ります。ガゼル・サリウス様」

ナイフの横腹に口づけ、ガゼルの左肩と右肩に触れさせる。

そして刃を鞘《さや》にしまうと、シャーリーはそのダガーを胸に抱いた。

「今よりわたしはあなたの鞘《さや》です。刃の輝きがあなたにありますように」

おとぎ話でしか読んだことのなかった騎士と姫のやり取り。

まさか自分がやることになるとは思わなくて、顔から火が出そうだった。

ガゼルが立ち上がり、シャーリーの頬に触れる。

「では、今より俺はあなたのものだ、シャーリー。俺と共に生きてくれ」

「～～～～～～～～～～っ」

シャーリーは頭に熱がいきすぎて顔を上げられなかった。

生涯守り抜くという言葉に反応して、つい踏み込んでしまったけれど。

（こ、こんな熱烈だなんて……は、恥ずかしいよぉ……！）

本物の婚約者になれたこと、ガゼルに選ばれたこと、守ってくれたこと。

飛び上がりたくなるような喜びを噛み締めるシャーリーにガゼルは笑った。

「これが……俺が言ったことの意味だ。分かってくれたか？」

「は、はひ……」

「ところで」

ガゼルは悪戯《いたずら》を思いついた少年のような笑顔を見せた。

「まだ、君の気持ちを聞いてないんだが？」

「あぅ……」

シャーリーは顔を真っ赤にさせながら目を逸らした。

「ガ、ガゼル様は、ばかです。にぶちんです……分かってください」

「言葉にしてもらわないと分からないが？」

「〜〜〜っ、もう、ガゼル様のばかぁ！　あんぽんたん！」

「男はみな馬鹿だ。馬鹿だから、言葉にしてほしい時もある」

顔から火が出そうだった。

胸の底から湧き上がる、衝動にも似た思いにかられて、ガゼルの胸に飛び込む。

「シャーリー？」

「……です」

「聞こえないぞ」

催促されるが、ぐりぐり、とガゼルの胸に頭をこすり付ける。顔が熱い。胸がドキドキする。手が震えて腰が抜けてしまいそう。身体中からありったけの勇気をかき集めて、シャーリーは言った。

「……ガゼル様が好きです。わたしと一緒にいてください」

「……あぁ、俺も君が好きだ。君が望んでくれる限り、共にいよう」

「〜〜〜〜っ」

今の顔を見られたくなくて、シャーリーはさらにガゼルの胸に顔を埋《うず》める。

頭を優しく撫でられて、その熱にくらくらした。

ぎゅうう、と抱きしめると、ガゼルは優しく抱きしめ返してくれる。

「ガゼル様……わたし、ぽかぽかします」

「あぁ。俺もだ」

「嬉しい」

「あぁ」

「ごほんッ」

「「!?」」

不意に聞こえた咳払いの声に、シャーリーとガゼルはびくっ、と肩を震わせた。

いつの間にか二人の近くにいたイリスが、にっこりと笑っている。

(あ、これ怒ってるやつ)

「お二人とも、おめでとうございます、と言いたいところですが……ここが公衆の面前であることを忘れていらっしゃいませんか？　人の目があるのですよ」

「へ？」

シャーリーが振り向くと、民家の窓からたくさんの大人たちが覗《のぞ》いていた。

主婦たちの目はきらきらと輝いており、シャーリーと目が合うと、一斉に引っ込んでしまう。

イリスは呆れたように言った。

「本当にお互いのことしか見えていなかったのですね、ごちそうさまです」

「あ、あぅ……」

ぷしゅー、と頭から湯気を噴き出したシャーリーは俯《うつむ》いた。

顔が真っ赤になって、ガゼルの顔が見られない。

心なしか、窓から覗《のぞ》く目が生温かいものに変わった気がする。

「旦那様。正式な婚約成立おめでとうございます《やっと自分の気持ちに気付いたのですね》。お仕事の時間ですよ《遅いですよヘタレ男》」

「なんか心の声が聞こえるような気がするんだが……」

「気のせいでは？」

澄まし顔のイリスの後ろから、申し訳なさそうな顔をしたイザベラがやって来た。

「旦那様、申し訳ありません。護衛騎士の私が真っ先にやられてしまい……」

ガゼルは表情を引き締め「いい」と首を振った。

「アレは規格外だ。お前たちがやられるのも仕方ない……と、言いたいところだが」

檄《げき》を飛ばすように表情を引き締め、ガゼルは言った。

「次からはそうも行かない。騎士団全員鍛え直すぞ」

「はっ!!」

ようやく騎士団が駆けつけ、ガゼルは指示を出し始めた。どうやら住民たちの通報を受けて駆け付けていたようだが、カレンが魔術で結界を作り、近づけなかったようだ。イリスやイザベラに重力魔術をかけつつ、シャーリーを痛めつけ、騎士団を邪魔する実力に、思わず身震いする。

（もしもお義姉《ねえ》さまが本気だったら……わたしなんてひとたまりもなかった）

「お嬢様の怪我は……軽い擦り傷程度ですね。よかった……」

イリスがシャーリーの身体をぺたぺたと触診する。

「……あれだけの魔術を受けてほぼ無傷……元々傷つけるつもりがなかった？　いえ、シャーリー様を精神的にいたぶるためにわざと弱い魔術で……あの腐れ悪女……」

「イ、イリス？」

「失礼。なんでもありません。何度も聞きますが、身体に痛みはないんですね？」

「う、うん。大丈夫よ」

「分かりました。旦那様が馬車を手配していますので木陰でお待ちください。イザベラ」

「分かってる」

木陰を背にイザベラに守られながら、イリスは濡れタオルでシャーリーの汗を拭《ぬぐ》ってくれる。献身的に支えてくれる専属侍女にシャーリーは微笑んだ。

「ありがとう、イリス。あなたも休んでいいのよ」

「ご冗談を。お嬢様を守れなかった分際で休んでなどいられません」

「……相手はお義姉《ねえ》さまだもの。仕方ないわ」

誰があろうとあの義姉《あね》には勝てない。たとえローガンズ伯爵であろうと。

ガゼルですら勝てるか分からないと、シャーリーは内心そう思っている。

それほどまでに義姉《あね》が刻みつけた恐怖は健在で——だからこそ、みんなが無事でよかったと。

「シャーリー。相談がある」

騎士団に指示を終えたガゼルが近づき、羊皮紙《ようひし》を出してきた。

「これのことだが……どうする？」

「これ……お義姉《ねえ》さまが残した……支度金の振り込み、ですよね？」

「あぁ。正直に言うと、俺はローガンズに金をやる必要はないと思っている」

カレンが言っていたように、シャーリーは戸籍上存在しない女だ。より正確に言えばシャーリーは国からローガンズの人間だと認められていない。だから、支度金を支払う義務はないと言える。

ただ——

「ガゼル様が許してくださるなら……お支払いいただけますか？」

「……払うのか？　正直、気は進まないが」

「はい。正式に婚約した今、もしも払わなかった時に向こうがどう出るか分からないので……」

完全に自分の我儘《わがまま》だとは自覚しているので、シャーリーは俯《うつむ》いてしまう。

大金貨五百枚。平民なら一生を遊んで過ごせるし、人生を何度かやり直せるくらいの金額だ。

そんな大金を自分のせいで使わせてしまうことに罪悪感を覚えるが、

「分かった。君が言うならそうしよう」

ガゼルは迷うことなく頷いてくれた。

「それと……これのことだが」

「あ」

ガゼルは大きな包みを差し出してくる。

ガゼルの救援ですっかり頭から抜けていたそれは、シャーリーからの贈り物。

「君はこれを街に取りに来た……とイリスから聞いた。間違いないか？」

「はい。それは、その……ガゼル様にと、思って」

「俺に？」

こくり、と頷く。こんな形で本人に渡すことになったのは不本意だが、仕方ない。

シャーリーは鞘《さや》に手を伸ばして自分の胸に抱き、改めてガゼルに手渡した。

「わたしから、ガゼル様に。使ってほしいです」

「……開けてみても？」

「……はい」

心臓が、痛い。

誰かに贈り物をすることがこんなに緊張するとは思わなかった。

しゅるしゅる、と、布をめくる音がして、ガゼルは息を呑んだ。

黒塗りの鞘《さや》だ。公爵家の家紋が彫られ、魔術文字とアメジストの宝石が嵌《は》め込まれている。魔道具ではないのでシンプルな造りだが、シンプル故《ゆえ》の美しさがそこにあった。

「……立派なものだな」

「魔除けの効果がある太陽樹を原料に作りました。金属部分は軽くて丈夫なミスリルで、力が出るように祈りを込めて魔術文字を刻んであります。その、ガゼル様の剣に、いかがかと思いまして……あ、あと……その、えっと……」

シャーリーは髪をいじりながら目を逸らした。

ガゼルが勇気を出して求婚してくれたのだし、自分も勇気を出さなきゃと思いながら。

「わ、わたしの瞳の色と、髪の色を、入れてます。ガゼル様がどこにいても、その、わたしのことを忘れずにいてくれたらなぁ……って、そう思って……」

ガゼルの顔が見られなくなって、シャーリーは両手で顔を隠そうとした。

その前に、ガゼルが額《ひたい》に口づけを落とす。

「ありがとう、シャーリー」

「ひゃうっ!?」

「一生大事にする。この鞘《さや》を君だと思って大切に使おう」

「〜〜〜〜っ、そ、そうですか。喜んでもらえて、よかったです……」

彼の唇が触れたところが熱い。ただ額《ひたい》にキスされただけなのに。唇に目が行ってしまう。

ガゼルは大剣を新しい鞘《さや》に入れ、背負って見せた。

「似合うか」

「はい。世界で一番かっこいいです……」

ほう、と熱に浮かされたようにシャーリーが呟《つぶや》く。

再び二人の世界が作られそうになったところで、両脇から生温かい視線を感じた。

「若いっていいですね……周りの目も気にせず、よくもまぁイチャイチャと……」

「あ、主様《あるじ》。さすがに淑女としての嗜《たしな》みを忘れるのは、その、いかがなものかとっ？」

二人は慌てて身体を離し、気まずそうに笑い合った。

「そうと決まれば婚約披露宴の準備もしなきゃですね。シャーリー様、忙しくなりますよ」

「そうね。夫人教育ももっと頑張るわ」

「あ、それは大丈夫です、既にほぼ終わっていますので」

「え？　どういうこと？」

「我々は主様《あるじ》が公爵夫人になることを望んでいたので」

「あとは本人たちの気持ち次第でしたが……いやぁ、まさか公衆の面前であそこまで熱烈に……」

「ちょ、ちょっと待ってイリス。あの……」

「『俺が生涯をかけて守り抜く』。これは使用人談議がはかどりますよぉ」

「「イリス!?」」

ゴシップ好きの主婦めいた侍従に、シャーリーとガゼルは揃って悲鳴を上げるのだった。

◆◇◆◇

「それにしても……あの鞘《さや》……悪女の攻撃を受けても傷一つ付いていないなんて」

微笑ましい主《あるじ》二人を見つめながら、イザベラはぽつりと呟《つぶや》く。

「あれほどの魔術を受けて我が主《あるじ》に怪我がないことといい……何か関係が……？」

その呟《つぶや》きは、風に流されて消えていった。

幕間　悪女の晩餐《ばんさん》

「もー散々だったわ！　いいところで邪魔が入るし！　ドレスは汚れるし！」

ローガンズ伯爵家に帰って来たカレンは夕食の席で家族に愚痴をこぼしていた。

母のマルグリットは夜会に出かけており、エリックは魔術実験で研究室に閉じこもっている。

必然、今日のカレンは父と二人きりで食事をしていた。

「それは大変だったな。だが、支度金は手に入った。よくやったね、カレン」

「ふふ。まぁ当然よ。ワタシ、お父様の娘だもの！」

カレンが胸を張ると、コルネリウスは微笑ましい父の目で娘に頷く。

「あぁ、さすがは儂の娘だ。お前が一番私に貢献してくれる」

「でしょお？　じゃあお父様……」

「うん、今度新しいドレスを買ってあげよう。Ｍｓ．ファランの新作だね？」

「買ってくれるの？　やったー！　お父様、だぁーいすき！」

普段なら淑女らしさを指摘するマルグリットはここにはいない。ローガンズ伯爵は娘に甘えられて満更でもなさそうにワインに口をつけた。

「それで話は戻るんだけど、あの子、公爵相手に鞘《さや》なんて作ってたのよ！　健気《けなげ》すぎて気色悪いから魔術で壊して嫌がらせしようと思ったんだけど、これが全然壊れなくて！」

ぴくり、とコルネリウスは眉根を上げた。カレンはそんな父の様子にも気付かずに続ける。

「ほんとに壊れなかったの！　重力魔術を使って粉々にしようと思ったのに」

「……鞘《さや》、か。それはアレが作ったものなんだな？」

「え？　まぁ、たぶん、そうだと思うけど」

「それはどんな鞘《さや》だった？　何か魔術文字が書かれていなかったか？」

コルネリウスは身を乗り出して娘を問い詰める。カレンは視線を彷徨《さまよ》わせた。

「えぇっと、たぶん？　布で包まれていたから、ちらっと見えただけだけど」

がたんっ、とコルネリウスは立ち上がった。

わなわなと震えながら口元に手を当てて、テーブルクロスを握りしめる。

「魔術の効かない鞘《さや》……魔術文字……まさか、目覚めていたのか？」

「お父様……？　どうしたの、様子が変よ？」

「ふは、ふははは！　そうか、そうだったのか、なんてことだ！　今になって気付くとは！」

壊れたように笑う父をカレンは怯《おび》えたように見つめた。

「おとう、さま……？」

「予定変更だ。カレン」

コルネリウスは父の顔を消し去り、冷酷な当主の顔を見せる。

「サリウス公爵家との婚約を破棄する。カレン、お前は今すぐアレを連れ戻せ」

「えぇ～、お父様がサリウス家と縁を結びたがってたのに？　一体どうしたのよ」

「あの時はあの時、今は今だ。状況が変わったのだよ」

「でもぉ、じゃあ支度金も返さなきゃダメじゃない。ドレス買えなくなるわ」

くわっ、とローガンズ伯爵は目を吊り上げた。

「支度金など返さなくてもいい！　いいから連れ戻せ。この儂の命令が聞けんのか⁉」

「分かった、分かったわよ……でもさっきの今で警備が厳重になってると思うし、ちょっとタイミング計らせて頂戴。ワタシだってあの『野獣公爵』を相手にしたくはないのよ」

「……お前がそれほど言う相手か？」

「かなりやるわね。第三次魔獣戦争で活躍した理由も分かるわよ」

分厚い鉄の塊《かたまり》を自在に振り回す、圧倒的な膂力《りょりょく》。カレンの魔力の揺らぎもすぐに察知した。

負けるとまでは言わないが、もしもあそこでまともにやり合っていれば怪我を負わされていたかもしれないとカレンは語る。ローガンズ最強の忠言に、コルネリウスは唸《うな》った。

「ふぅむ……ならば、やり方を変えるか。お前が怪我をして使えなくなったら困る」

「……やり方？」

「耳を貸せ、カレン」

「うん……？」

食堂には執事や侍従もいる。万が一怖気《おじけ》付いた彼らが裏切らないとも限らないため、コルネリウスは囁《ささや》くような声でカレンにおのれの作戦を説明した。

カレンは目を見開く。

「お父様、本気なの……？」

「本気だ。方法は少し違うが、元々そのつもりだったからな」

「……戦争になるわよ？」

「我らの力を以《もっ》てすれば、容易《たやす》い。そうだろう、カレン？」

カレンは一拍の間を置き、ニヤァ、と嗤《わら》った。

「キャハッ、当たり前でしょ。ワタシたちはローガンズよ。ローガンズに敵はいないわ」

「うむ。では手筈《てはず》通りに」

「ええ、楽しくなってきたわね……！」

早速カレンがその場を後にし、コルネリウスは自室へ歩き出す。

「アレが手に入れば隣国アヴァンの手を借りるまでもない。王家に近付くために婚約せずとも、奴らを内部から壊さずともいい。力だけでこの国を掌握《しょうあく》出来る……！」

コルネリウスの瞳に黒い執念の火花が散った。

「アレは儂のものだ……！」

第三章　この絆に永遠の誓いを

　カレンの襲来から二週間が経ち、サリウス公爵城では使用人たちが忙《せわ》しなく動き回っていた。

　シャーリーは食堂の机に身を乗り出しながら、たくさんの布と睨《にら》めっこしている。

「うぅん……こっちのほうがいいかしら。リーベル男爵領は苺狩りで有名だし、苺の模様を大人らしくアクセントにしたほうが喜ばれると思うの。逆にアニーシャルク侯爵は倹約家で、派手なものは好まないわ。質素でありながら貴族らしい上品なデザインがいいと思う。それから……」

　シャーリーが行っているのは婚約披露宴で招待客に贈る贈呈品の選定だ。

　婚約披露宴にはサリウス家と縁の浅い相手も呼ぶらしいから、しっかりと好印象を持ってもらえるような披露宴にしたい。特にシャーリーにはローガンズという『醜聞』が付いて回るから。

　とはいえ、デビュタントもしていないシャーリーに他領の知識があることに周囲は驚いたらしい。

「奥様、よく分かりますね。他領のことを勉強する時間はなかったはずですが……」

「わ、私は主様《あるじ》が無理しないようちゃんと見ていたぞ。その目をやめろイリスっ」

「あぁ、えぇっと、これは違うのよ。ローガンズ伯爵家にいた時から知ってたの」

　シャーリーは苦笑をこぼして、続けた。

「ほらわたし、ローガンズ伯爵家で領地の運営も手伝ってたから。他の領地のことはたくさん勉強して、過去の書類とかと睨《にら》めっこしながら覚えたのよ」

「りょ、領地の運営を？　侍女の真似事もさせられていたのですよね？」

「うん。大丈夫、お父様のサインはそっくりに書けるわ」

得意げなシャーリーに、イリスは頭が痛そうにこめかみを押さえた。

「裁量権的にアウトです、それ……娘になんてことさせてるんですか、あのゴミ溜めは」

「あ、あはは……」

聞いた話によると、今ローガンズ伯爵領はかなりの窮地に追い込まれているらしい。領民からの苦情は相次ぎ、社交界では爪弾《つまはじ》きにされ、魔術教会からは追放の話も出ているようだ。

それらとシャーリーが出て行ったことがどう関係しているのかは分からないが——

(……まぁわたしはもうあの家とは関係ないし。没落しようがどうでもいいわよね)

むしろ二度と関わりたくない。彼らを見ると辛い過去を思い出してしまう。

「さ、婚約披露宴までもう一週間しかないわ。頑張ってお仕事をしましょう」

シャーリーは手を叩き、イリスやイザベラ、その他の使用人たちを見ながら言った。

「「「かしこまりました、奥様」」」

「あぅ……」

正式な婚約が決まってから使用人たちの呼び名が変わった。

自分などが奥様と呼ばれていることに未だに慣れず、シャーリーはむずがゆくなってしまう。

シャーリーは気分を切り替えるように首を振り、言った。

「この後みんなでお茶会をしましょうね。実は、ケーキを買ってもらったの。マモンには内緒よ？」

シャーリーが口元に人差し指を立てると、侍女たちがわっと沸いた。

主人と使用人の距離感に厳しい筆頭執事は、シャーリーが使用人とお茶をすることをよく思っていない。だから内緒である。実際はイリスからマモンに報告されて見逃されているだけだが。

「わたし、こうしてみんなでお茶会をするのが夢だったの。だから嬉しいわ」

「奥様……」

じぃん、と目頭が熱くなる使用人たち。

こんな可愛い我儘《わがまま》を聞いてダメだと言えるほどサリウス公爵家は非情ではない。

「そうと決まれば早速ケーキを選ばなくちゃ！　みんな、好きなもの食べてね」

「奥様、仕事が先です」

「あぅ……そうだったわ……」

イリスに窘《たしな》められて我に返るシャーリーであった。

「よし。じゃあケーキのためにも早くお仕事を終わらせて――あら？」

来客を告げるベルの音が食堂まで聞こえてきた。

イリスに目配せすると、頷いた彼女は玄関まで行って来訪者を確かめてくる。

「――です。――とアポを――」

「――ない。坊の――でしょ？　――じゃない」

何やら言い争うような声が聞こえたと思えば、

「お待ちください！　エリザベス様、勝手に入られては困ります！」

「我が家みたいなものなのだし、今さら気にしなくてもいいでしょう。それより――」

と、はっきりとした声が聞こえてきて、その場に緊張が走った。

「今、エリザベス様って」

「嘘。あの方がいらっしゃったの⁉」

侍女たちは知り合いのようである。シャーリーは首を傾げた。

（エリザベス……まさかね。あの方と同じじゃないわよね……）

シャーリーは知っている。悪い予感が良く当たることを。

「ごきげんよう、皆さま！」

バタン！　食堂の扉を開け放ち、金髪縦ロールの淑女が現れた。

上等なレースをふんだんに使った高級ドレス、衣服に負けない優雅な佇《たたず》まい。

顔立ちは整っており、ルビーの瞳はきらきらと輝いているように見える。

（あれ、この人……誰かと似ているような）

「わたくしが来ましたわ！　ローガンズのご令嬢はどこかしら！」

使用人たちの視線が自分に向き、シャーリーは思わず立ち上がる。

エリザベスと呼ばれた淑女は、獲物を見つけた狩人《かりうど》のごとく目を細めた。

「ふうん。あなたが例の……ふぅぅううん」

「あ、あの……？」

エリザベスはシャーリーの元まで近づいて来て、じろじろと顔を覗《のぞ》き込んでくる。

シャーリーが黙っていると、にこりとエリザベスは笑った。

「うん、合格。情報に間違いはないようね」

「えぇっと、あの……」

身分の低い者から話しかけてはいけない。幼い頃アニタが言っていたマナーを思い出す。

どうしたものかと困っていると、エリザベスは優雅にカーテシーをした。

「名乗るのが遅れましたわ。わたくしはエリザベス・フォン・オータム。ガゼルの叔母の娘、従姉に当たるわ。これからよろしくお願いしますね」

「え、え、えぇえええええええええええええええ！」

(や、やっぱり第三王女様⁉　王族の方がいらっしゃったの⁉)

王族を迎えるような服装も化粧も用意していない。

シャーリーは慌てて膝を曲げ、カーテシーを返した。

「シャ、シャーリー・ローガンズと申します。エリザベス様にご挨拶《あいさつ》申し上げます」

「硬いですわぁ！　もっと楽になさって？　あなたはもう姉妹同然なのだから！」

「し、姉妹、ですか？」

「そうよ。ガゼ坊は弟みたいなものだし、そのお嫁さんは妹よ。世界の真理ですわ」

「真理……なるほど。それなら仕方ないですね……」

「まぁ、なんて素直なの！　ますます気に入りましたわ、シャーリーさん！」

「は、はひっ！」

いきなり王女に抱き着かれ、花のような香りがシャーリーの鼻をくすぐった。

むにゅん、と頭が沈み込むような感触に、シャーリーの頭を混乱させる。

（あ、あわわわ。王族に抱き着かれた時の対処法なんて習ってないよぉ～～！）

この状況で硬直してしまうシャーリーを誰が責められようか。

（お、お胸が、すごい……）

思わず自分のそれと比べてしゅんとしてしまう。

エリザベスはシャーリーを離すと、全身を眺めながら扇《おうぎ》を口元に当てた。

「ふーん……なるほど。ガゼ坊、こういう子が好きだったのね」

「あ、あの……？」

にこりとエリザベスは笑った。

「もぉ、か～わ～いい～！　まるで子犬じゃないの！　愛《め》でたくなりますわ～～！」

「ひゃう！　エ、エリザベス様⁉」

（ま、また抱き着かれて⁉）

スキンシップが激しすぎてどう対処したらいいのか本当に分からない。

イザベラに助けを求めるが、彼女は王族に対して膝をついたまま顔を上げてくれない。

他の使用人たちも、エリザベスに失礼のないよう頭を下げていた。

「エ、エリザベス様、そろそろお放しくださいませ……」

「様付けなんてよそよそしいわ！　気軽にお姉さまと呼んでくださって結構よ」

「お、お姉さま……？」

脳裏によぎる、もう一人の『姉』の姿。

「ふふ。えぇそう。今日からわたくしはあなたの姉よ！」

エリザベスはシャーリーの頭を優しく撫でてくれる。

初対面とは思えない彼女の気安さに、シャーリーの肩から力が抜けていく。

（悪い人じゃ、なさそう……だけど。王族に抱き着かれるのは心臓に悪いわ……）

「ごめんなさい。わたしにはもう姉がいるから……」

「えぇ、そんなぁ!?　わたくしと姉妹の契りを交わしましょうよ！」

（そ、そう言われても……！）

シャーリーが困り果てたその時だった。

「エリザベス！」

どこからか駆けつけてきたガゼルが、エリザベスとシャーリーを引き離した。

守るように肩を抱かれ、シャーリーの体温が急上昇する。

（ガ、ガゼル様、みんなが見てますから……！）

しかし、今のガゼルにシャーリーの訴えは届かず。

「あらガゼ坊。遅かったじゃないの」

「何がだ。来るなら前もって連絡しろと昔から言っているだろう！」

「えぇ〜。家族に会うのにそんなの必要かしら？」

「親しき仲にも礼儀ありだ。お前がそんなだから『放蕩王女《ほうとう》』などと呼ばれるのだ……！」

「ふん。婚約者を取られて嫉妬してるなら素直にそう言えばいいのに」

エリザベスはシャーリーを抱いているガゼルを見てニヤニヤと笑った。

ガゼルのほうはそれでようやくシャーリーの状態に気付いて、ハッ、と我に返る。

「す、すまない。大丈夫か。あいつに変なことをされなかったか？」

「だ、大丈夫です。あとで対策と傾向を教えてくだされば……特に王族の方に抱き着かれた時はどうしたらいいのか分からなくて」

「エリザベスだからな……無軌道すぎて対策するだけ無駄だ」

ガゼルは使用人たちを見回し、仕事へ戻るようにと申しつけた。

使用人たちは逃げるようにその場を後にし、人目が少なくなった食堂でガゼルは息をつく。

「まったく。で、何の用だ？」

「何の用だとはご挨拶《あいさつ》ね。可愛い弟分が婚約するって言うから顔を見に来たんじゃない」

「余計なお世話だ。シャーリーは……」

「ローガンズが戸籍を申請しなかった『存在しない娘』でしょ。それくらい調べてるわ」

どこか冷たい口調に緊張を覚えたが、すぐに仕方のないことだと割り切る。サリウス家が王族と深い間柄であることは分かっていたし、彼らがガゼルの妻になる自分を調べるのは当然だ。

「まぁ、どっかの馬鹿は婚約者をお飾りの妻にしようとしていたようだけど」

「……む」

初日の契約のことだろう。ガゼルは元々結婚する気ではなかったから。

「でも、その様子だと大丈夫そうね」

ふ、とエリザベスは微笑んだ。

婚約者を庇《かば》うように立つガゼルと、王族相手に堂々と立つシャーリーを見て。

「愛し合っているのが見て分かるわ。女としての自信があるのね」

「そ、そういうわけじゃないんですけど……」

シャーリーはちら、ちら、とガゼルを見て俯《うつむ》いた。

「大切にしてくださってるのが、伝わってきますから」

「無論だ。君は俺の女神だからな」

「……っ、ひ、人前でそういうことを言うの禁止です！」

「何が悪い。本当のことだ」

「そういうところです！　もう、ガゼル様のばかっ！」

つん、と顔を背《そむ》けると、ガゼルは慌てたように「すまん」と許しを乞うてきた。

エリザベスは驚いたように目を丸くする。

「……甘すぎて見ていられないわね。従弟《おとうと》のデレた姿を見るのはちょっとクるものがあるわ」

「お前が勝手に来たんだろうが！」

「ま、この分だと問題はなさそうね。婚約披露宴、楽しみにしているわ」

じゃ、そういうことで。まるで散歩の途中で出会った時のようにエリザベスは別れを告げる。

ひらひらと手のひらを振って立ち去る彼女だったが、途中で「あ」と振り向いた。

「そうだ。子供はもう出来るのかしら？」

「!?」

「まだなの？　もしよかったら、わたくしが名付け親に……」

「さっさと帰れこの馬鹿者！」

ガゼルが顔を真っ赤にして怒鳴った。

エリザベスは肩を竦《すく》めて、今度こそ公爵邸から去って行く。

「……まったく、何をしに来たんだ、あいつは」

「あはは……嵐のような方でしたね……」

「あいつは昔からああなんだ。好き勝手にほっつき歩いては余計な世話ばかり焼く」

「それぐらい、ガゼル様のことを大事にしてらっしゃるんですね」

ガゼルはばつが悪そうに目を逸らした。

照れくさそうに頬を掻くその仕草に――

（ガゼル様、可愛い……！）

シャーリーの胸はきゅんと高鳴るのだった。

◆◇◆◇

そして婚約披露宴の日がやって来た。

サリウス城のダンスホールが開かれ、ワインを片手に談笑する招待客でにぎわっている。

女性用の控室で準備をしていたシャーリーは胸を押さえて深呼吸した。

「ふぅ……緊張するわ……」

「大丈夫です。奥様、とてもお美しいですよ」

「私も騎士として多くの貴婦人と接してきましたが、シャーリー様以上に美しさと愛らしさを兼ね備《そな》えた方には会ったことがありません。自信を持ってください」

「うぅ。みんなが褒めすぎて逆に照れくさいわ……」

ぱたぱたと手で頬を扇《あお》ぐシャーリーに従者二人は顔を見合わせて微笑んだ。

シャーリーは気持ちを切り替え、すっく、と立ち上がる。

「行きましょう。ガゼル様が待ってる」

「「仰《おお》せのままに」」

控室を出ると、廊下の向かい側で待っていたガゼルを見つけた。

「ガゼル様」

こちらを向いたガゼルはシャーリーを見て口を開きかけ、固まった。

「お待たせしました。ガゼル様」

「……」

シャーリーは微動だにしないガゼルの前で手を振ってみせる。

ガゼルはゆっくりと瞬《まばた》きし、シャーリーの手を優しく掴《つか》んだ。

「……これは現実か」

「ガゼル様？」

「すまない、驚いただけだ。今の君はまるで泉から現れた聖なる女神のようだった」

「ひぅ！」

不意打ちを喰らったシャーリーはまたたく間に頬を朱に染めた。

大袈裟です、と照れくさくて顔を逸らそうとすると、今度は顎《あご》を掴《つか》まれる。

「大袈裟なものか。アメジストの瞳は神秘的な妖精のようだし、夜の神から寵愛を受けた黒髪はつややかで川のように流れている。Ｍｓ．ファランの高級ドレスも君の美貌を引き立てていて、真夜中に輝く月ですら、君の美しさには敵《かな》わないだろう。これを女神と言わずなんとする」

「ガ、ガゼル様。それ以上は、だめ、です……死んじゃいます……」

かぁぁあああ、とシャーリーは耳まで顔が真っ赤になる。

恥ずかしすぎて目を逸らしたい。せめて顔を隠したいのに、ガゼルに顎《あご》を掴《つか》まれているせいでそれも出来ない。なんだこれは。こんなに嬉しい拷問があるだろうか。

普段は口数の少ないガゼルだから、余計に攻撃力が高かった。

（こんなに褒めてくれるなんて……着慣れないドレスだけど、着てよかった）

公爵家に来てからというもの、お腹いっぱい食べているからなのだろう。顔つきは年頃の少女らしく柔らかな丸みを帯びてきたし、肌は真珠のようにきらきらしている。

化粧の力も大きいはずだ。ふっくらしてきた頬には軽くチークが入っており、肩を出した星空色のドレスには随所にレースがあしらわれていて、高級感があった。

ふと視線を上げると、イリスが満足そうに頬を緩《ゆる》めていた。

「お二人とも、招待客を待たせていることを忘れないように」

「分かっている。では、行こうか」

「……はい」

自然に肘を差し出され、そっと手を置いたシャーリーは歩き出す。

ダンスホールに近付くにつれて会場の熱気が伝わってくるようで、心臓が早鐘を打ち始める。

ちらりとガゼルを見上げると、彼は優しく微笑んだ。

（……あぁ、大丈夫だわ）

心の底から無限の勇気が湧いてきて、シャーリーは自然と口元を緩《ゆる》めた。

祝福の音楽と共にダンスホールへ入場する。大勢が一斉に息を呑む気配がした。

「あれが例のローガンズ嬢……？　なんて綺麗なの……」

「見ろ、『野獣公爵』の顔を。あの方があんなに柔らかい雰囲気を纏《まと》うなんて」

「ただの政略結婚ではなかったのか。お似合いの二人だな」

「エリザベス様と姉妹の契りを結んだというのは本当なのかしら？」

（姉妹の契りなんて結んでないわ！）

いつの間にか既成事実になっていそうで、シャーリーはエリザベスの行動力に戦慄《せんりつ》する。

鳴りやまない拍手と音楽を浴びた二人は、招待客たちの前で挨拶《あいさつ》を始めた。

「皆、今日は集まってくれて礼を言う。こちらは我が婚約者のシャーリー・ローガンズだ。皆も聞き及んでいるとは思うが、あのローガンズとは事情が違う。彼女は私が最も愛する女性であり、その気高くも優しい生き様を尊敬している。皆もどうかそのつもりで接してほしい」

妻を大事にする公爵に割れんばかりの拍手が招待客から送られる。

（わ、わたしにちょっかいを出したら許さないぞってこと……？　ガ、ガゼル様……あぅ……）

公衆の面前で愛を囁《ささや》かれて頭がくらくらしてきた。目がぐるぐるして倒れそう。

しかもガゼルがシャーリーの肩を優しく抱くものだから、余計に体温が上がってしまうのだ。

「君は本当に可愛いな」

「ひゃぁっ」

温かい息が耳に吹きかかり、シャーリーは飛び上がりそうになった。

抗議の目で見上げれば、ガゼルは悪戯《いたずら》に成功した少年のように微笑んでいた。

ざわッ、と周囲に戦慄《せんりつ》が走る！

「『野獣公爵』があんなに優しく笑うなんて！」

「あんな方だと知っていたら、もっと早くお近づきになったのに……」

「お顔が凛々《りり》しくて頼もしいわ。どうして今まで気付かなかったのかしら」

ガゼルの誤解が解けていくのを目の当《ま》たり《あ》にして、シャーリーはひそかに誇らしい気分になる。

（ふふん。そうよ、ガゼル様はとっても優しくて、かっこいいんだから）

と、そんなシャーリーの前に。

「お二人の婚約を祝福いたしますわ」

招待客の中で一番位の高いエリザベスが進み出てきて、二人に挨拶《あいさつ》した。

「ガゼルは我が従弟《おとうと》。その妻となるシャーリーもまた、我が従妹《いもうと》と言えるでしょう。シャーリー。あなたには周囲から反発があるかもしれませんが、何かあればわたくしを頼ってくださいな」

「は、はい。ありがとうございます、エリザベス様」

エリザベスの妹発言は置いておいて、だ。

（わたしの背後には王家がいるのを忘れないように、と招待客に釘を刺したのかしら？）

だから招待客にサリウス家と縁の薄い相手も呼んだのか、とシャーリーは一人納得する。

（わたし、貴族として公の場に立つのは初めてだし）

シャーリーにとって、この場は婚約披露宴であると同時に社交界のデビュタントでもある。

初めて社交界に出るシャーリーが今後理不尽な目に遭わないようにと、周りを牽制する意味があったのだ。そこまで理解すれば、エリザベスの妹発言も許せるような気がした。

事実、招待客たちのシャーリーを見る目が変わったように思える。悪名高きローガンズ出身なのに元々敵意らしい敵意も感じなかったし、あらかじめ根回しもしてくれたのかもしれない。

「シャーリーさん、これからもよろしくね」

「は、はひ。よろしくお願いします……」

パチン、とウインクするエリザベス。

見かけや態度に騙《だま》されそうになるが、意外とやり手なのかもしれない。

そんな失礼な感想を抱きながら、シャーリーは次なる招待客の挨拶《あいさつ》を受けていく。

全員の挨拶《あいさつ》を終えようというところで、異変は起きた。

シャンデリアの照明がチカチカと点滅する。

バタンッ!!

激しい物音と共に、すべての窓が開いた。

シャーリーは振り向くが、窓の近くには誰もいなかった。

突然の出来事に、招待客は顔を見合わせる。

「な、何……？」

「何かの催しかしら……そうよね？」

(わたしたちは何もしていないわ……そんな予定もない)

シャーリーは隣に立つガゼルを見上げた。彼も何が起きているのか分からない様子だ。

風がダンスホールを駆け抜ける。点滅する照明が暗闇を呼ぶ。

暗闇の中、チカ、チカと点滅する灯《あか》りが、招待客の不安な顔を浮かび上がらせた。

「ねぇ、なんだか寒くない……？」

「冬だからな。しかし、それ以上に……」

不意に、頭に冷たいものが触れた。

それは手のひらにも落ちてきて、シャーリーは目の高さまで持ち上げた。

――雪だ。

自然のものではない。手に触れても溶けず、魔力を感じる。

覚えのある魔力だ。痛めつけられた記憶がシャーリーの脳裏をよぎった。

「――っ、ガゼル様！」

シャーリーが叫んだその時だった。

ピシ、と空間に裂け目が出来た。

ピシ、ピシ、と虚空に繋《つな》がる裂け目が広がり、踊るように、彼女は現れた。

月夜にたなびく蠱惑的《こわくてき》な銀髪を押さえ、黄金色の瞳がシャーリーを捉《とら》える。

「はぁい、シャーリー。お姉ちゃんが迎えに来たわよ？」

「「カレン・ローガンズ!?」」

ガゼルはシャーリーを庇《かば》うように立ち、警備の騎士団は一斉にダンスホールへ集まる。

屈強と名高い北部の騎士団は招待客を守りながら、カレンを取り囲んだ。

「あら。ずいぶんな挨拶《あいさつ》じゃない。ワタシ、その子の姉なのだけど」

「貴様が姉貴面をするな。虫唾《むしず》が走る」

「ふぅん。あなたも同じように思うわけ？　シャーリー」

「お義姉《ねえ》さま……」

「奥様、こちらに」

すかさずやって来たイザベラがガゼルとシャーリーの間に立つ。

「ふふ。そんなに警戒しなくても、今日は遊びに来たんじゃないわ」

「ならば何をしようというんですの？」

騎士団の間を縫ってやって来たのは第三王女エリザベスだ。

王族の登場に目を細めたカレンに、エリザベスは扇《おうぎ》を向けた。

「義妹《いもうと》の婚約披露宴に転移してくるなんて、さすがはローガンズと言ったところかしら。ねぇ？」

「いやだわ、王女様。義妹《いもうと》の晴れ舞台に出席するのは当然のことでしょう。ワタシは義姉《あね》として
ずっとこの子を可愛がってきたんだから」

「白々《しらじら》しい真似はおよしになって？　もうみんな知っているのよ」

「……何が？」

「ローガンズ伯爵家がシャーリーさんに何をしてきたか。魔術が使えないからと地下牢に閉じ込め、
長年にわたり虐《しいた》げ続けてきた事実を、ここにいるみんなは知っているわ。そうでしょう？」

エリザベスに同意するように、パーティー参加者のカレンを見る目は冷たい。

こそこそと、侮蔑交じりの視線を向けながら囁《ささや》き合う。

「今さら何しに現れたのかしら。お家の事情が分かっていないの？」

「四大貴族が聞いて呆れるわ」

「魔術しか取り柄《とえ》のない女はこれだから……」

プライドの高いカレンからすればこれほどの屈辱はないだろう。

見下していた貴族たちに見下され、カレンのプライドはズタズタになったはずだ。

そう、誰もが思っていた。

「キャハッ」

不気味な笑いが、ダンスホールに響き渡る。

「キャハッ、キャハッハハハハハハハハハハ!!」

はしたなく腹を抱えて身体を揺らし、笑い涙を拭《ぬぐ》った彼女は言う。

「はぁ——……笑わせてくれるじゃない。ローガンズの力に尻尾を振ってた犬共のくせに」

「……」

「まぁいいわ。許してあげる。どうせすべては無意味になるんだもの」

不意に、カレンと目が合った。

「さっさと用を済ませましょう」

心臓が跳ねたシャーリーに「ふっ」と、義姉《あね》は口元を緩《ゆる》める。

その笑みを怪訝《けげん》に思う間もなく、カレンは踊るように周りを見渡した。

「サリウス公爵家を始めとした皆さま方。どうかお聞きになって？」

醜悪に口元を歪ませ、彼女は言い放つ。

「ワタシたちローガンズ伯爵家は、あなたたちに宣戦布告する」

「「は？」」

「お父様のメッセージはこうよ。『権力に溺れ私腹を肥やす貴族たちにはうんざりした。今こそ我

らローガンズがオータム王国の頂点に立ち、貴族の圧政から民を解放する』」

カレンは熱に浮かされたように謳《うた》う。

「戦争を始めましょう。闘争を始めましょう。殺し合いを始めましょう」

「オータム王国すべてを巻き込んで、血の宴《うたげ》を始めましょう」

「今こそ我らローガンズが、この国の支配者になるの！　キャハハハ！」

痛いほどの沈黙……そして怒号が起こった。

「ふざけるな！　どの口が言ってるんだ!?」

「ローガンズこそ悪の象徴！　私腹を肥やしてきた最悪の家系じゃないの！」

「この場には王女様がいるんだぞ。発言の意味が分かってるのか!?」

シャーリーは静かに首を横に振る。王女がいたところでカレンは気にしないはずだ。思うままに振る舞う悪女の前に、ガゼルは毅然と前に出た。

「わざわざ捕まえる口実をくれて感謝する。カレン・ローガンズ。貴様は反逆罪で逮捕だ」

「あら、やれるのかしら？」

その瞬間、十人がかりで騎士が飛び掛かった。

魔術を発動させる前に組み伏せれば、いかにカレンとて無茶は出来ないと踏んだ作戦だ。

――しかし。

「あのね、馬鹿にしないでくれる？」

竜巻が起こった。

カレンを中心とした魔力の嵐は騎士たちを吹き飛ばし、会場中に立っていられないほどの強風を呼び起こす。騎士たちは招待客の盾となるので精一杯。テーブルクロスや料理が宙を舞う。

恐れるべきはこの風が魔術ではなく、ただ魔力を放出しているだけであるということ。

これこそが、たった一人で軍隊に匹敵するという史上の怪物!

「キャハッ! ねぇなんて言った? 逮捕? やれるものならやってみなさいよ! ワタシはまだ戦ってすらいないというのに、這いつくばってるだけのあんたたちに出来るならね!」

「出来るとも」

どこからか、ガゼルを呼ぶ声がする。

くるくると、空中に舞う大剣。

マモンが放り投げたそれを、ガゼルは空中でキャッチした。

「もう二度と、シャーリーに指一本触れさせはしない!!」

閃光が走った。

カレンの魔力とガゼルの剣、まったく異なる力と力が激突する。

——バシィイイイイイイイイイイイ!!

激しい衝撃音を響かせ、ガゼルの大剣はカレンの魔力を一刀両断した。

「な⁉」

カレンは瞠目《どうもく》し、

「またワタシの魔術を……その鞘《さや》が何だって言うの!」

激しく動揺する彼女はちらりと視線を彷徨《さまよ》わせた。

「ちょっと試してみないと――『氷華《ラ・グラキス》』!!」

「貴様!!」

カレンが氷の礫《つぶて》を放った相手はガゼルではない。彼が後ろに守るシャーリーだ。

イザベラが守ってくれているとはいえ、カレンの魔術が卓越していることは事実。

万が一を考え、ガゼルは防御に回らざるを得ない。

大剣の刃を鞘《さや》に入れたまま、ガゼルはシャーリーの盾となる。

パリィッ！　と破砕音を響かせ、氷の礫《つぶて》が消失する。

ガゼルは野獣のごとく吼《ほ》えた。

「ローガンズ……貴様、よくもシャーリーを狙ったなっ!!」

だがガゼルに構わず、カレンは何かを悟ったように口元に手を当てる。

「そう……そういうこと。だからお父様はあの子を……まさか、あの血が目覚めてたなんて」

「カレンっ!!」

「用は済んだわ」

カレンが一瞬前まで立っていた場所をガゼルの大剣が通過する。

見れば、カレンは幽霊《ゴースト》のように宙に浮かび上がり、ダンスホールを見下ろしていた。

「皆さま、今ので力の差は分かったでしょう？　ワタシたちに敵《かな》う者なんて誰もいないわ。向かってくる奴らは全員叩き潰す。でもそうね、シャーリーを差し出すなら王族以外は見逃しましょう」

「「「!?」」」

招待客の視線がシャーリーに集中する。

びくりと縮こまるシャーリーに対して、カレンは微笑んだ。

「期限は明日の夜明けまで。あなたたちの答えを楽しみに待っているわ」

「待てっ!!」

ガゼルの制止の声も虚しく、カレンは高笑いを上げながら姿を消した。

圧倒的なローガンズの恐怖を、その場に刻みつけたままに。

竜巻が消え、宙に浮かんでいた食器やテーブルが一斉に落下し、がしゃんと砕け散った。

◆◇◆◇

カレンが消えた会場は、もはや婚約披露宴どころではなくなった。

ガゼルの号令一下、今日は解散ということを告げられるが、招待客たちは動かない。

ローガンズの残した恐怖はそれほどの衝撃をもたらしていた。

「あのローガンズが反逆……？　あのまま没落すればいいものを……」

「これは厄介だぞ。奴ら、魔術だけは秀でているからな」

「彼らが魔術師協会に申請した特許の数は百じゃ利かないわ。王族はどう対応するつもりかしら」

このままじゃ埒《らち》が明かない。ガゼルはマモンを呼び寄せた。

「マモン、騎士団に指示して招待客を誘導しろ。俺はシャーリーを部屋に」

「御意に」

そう、二人が言葉を交わしたその時だ。

「――か、彼らの要求を呑んだほうがいいんじゃないかしら」

招待客の一人が、声を発した。

痛いほどの静寂。

その場の視線が金髪の淑女へと向けられた。

静かな怒りを秘めた瞳で、ガゼルは淑女へ水を向ける。

「……どういう意味だ」

「言葉通りの意味よ。皆さまも見たでしょう？　ローガンズの圧倒的な力を。北部の精強な騎士団でさえ彼女に指一本触れられなかったじゃない……あ、アレに敵《かな》うと思っていますの⁉」

徐々に大きくなる声の主に貴族たちの視線が集まった。奇《く》しくもシャーリーの後ろ盾を知らしめるために派閥外の貴族たちを呼んだのが仇《あだ》となった形だ。その場の意見を代表したような彼女の発言に派閥外の者たちが同意し始め、収拾がつかなくなる前に、エリザベスが進み出た。

「オルミネ男爵夫人。あなたは元々ローガンズの派閥だったわね？」

「そ、そうです。だから知ってるんです。奴らの恐怖を。あの家系の力を！」

貴婦人はがたがたと歯の根を鳴らしながら言った。

「ローガンズはどれも化け物揃いよ。重力魔術を極めた伯爵を筆頭に、魔毒のエキスパートである長男のエリック、洗脳魔術であらゆるものを従えるマルグリット夫人、さらには、あのカレン・ローガンズ！　伝説の転移魔術をいとも簡単に操る怪物に、どう立ち向かえって言うんですの⁉」

彼女の声は、この場にいる人間の心を代弁した言葉なのかもしれない。

貴族たちは顔を見合わせ「確かに」「アレには……」と同意していた。

カレンが刻みつけた恐怖が増幅し、伝播《でんぱ》し、会場の空気を塗り替えていく――

（わたしがあの家に戻れば……全部、丸くおさまる……）

シャーリーは震えながら胸の前で両手を握った。

彼女は誰よりも知っている。カレンの強さを、恐怖を、ローガンズの残酷さを。

生まれてから受けてきたすべての痛みがシャーリーの心を挫《くじ》いていく。

（このままだとガゼル様も死んじゃうかもしれない。イザベラも、イリスも……）

そうなるくらいなら、自分が犠牲になったほうがマシだ。

これまでもそうだった。我慢すればいい。耐えればいい。どれだけ地獄であろうとも。

だからシャーリーは一歩、前に進み出て。

「わ、わたしは」

「言いたいことはそれだけか」

温かい手が、シャーリーを引き戻した。

ガゼルの分厚い胸板に顔が押し付けられ、急速に体温が上昇する。

「ガ、ガゼル様？」

「はっきり言っておくが、我がサリウス公爵家はシャーリーを差し出す気はない」

「――!!」

主《あるじ》に派閥外の貴族に向けてガゼルは鋭く言い放った。

「そもそも反逆者の言葉に耳を貸すなど言語道断。シャーリーを差し出したからと言って、形勢如《い》何《かん》で派閥を変える者たちにローガンズが温情をかけるとでも？　馬鹿馬鹿しい。そんな常識が通じる相手ではないことは、オルミネ夫人。あなたが一番よく分かっていると思うが？」

「それは……」

この空気を作り上げた張本人はガゼルの言葉にたじろいだ。

「シャーリーは既に我が妻であり、公爵家の家族だ。彼女に手を出す輩《やから》はどんな相手であろうと許しはしない。たとえ王族に要請されても、シャーリーは誰にも渡さん」

（ガゼル様……）

じわりと、シャーリーの眦《まなじり》に涙が浮かぶ。

（そうだ。わたしはもう、一人じゃないんだ……）

寒さに震えなくていい。痛みを怖がらなくていい。我慢しなくてもいい。

黒髪で、魔術が使えない、呪われた女だけど。

（この人は、わたしを守って、くれる。生きてていいって、好きだって……言ってくれるんだ）

胸が、熱い。

心臓が早鐘を打ち、ドキドキして彼の顔が見られない。

ガゼルの声は、ローガンズの恐怖で冷え切ったシャーリーの心を溶かしてくれる。

「皆も見ただろう。この俺がローガンズ最強と渡り合った一部始終を」

言葉は徐々に熱を帯び、ガゼルは一歩前に出る。

「恐怖に挫《くじ》けるな。力に屈するな。負けて得るものなど何もない！」

演説じみた声は会場中に染み渡り、貴族たちの心に火を灯《とも》す。

「戦え!!」

カレンが最強の魔術師だというなら、ガゼルは最強の戦士。

「今こそ剣を取り、貴族の誇りを思い出せ!!　やがてすべてを滅ぼすローガンズに今こそ裁きを下す時だ!!　我らの総力を以《もっ》て、悪の一族を根絶やしにする!!　その力が俺にはある!!」

ダン、と騎士団が足を踏み鳴らす。

団長の熱い想いに応《こた》え、彼らは一斉に剣を抜き放った。

「我が騎士団は今ここに、ローガンズ討滅を誓う――俺に、ついて来い!!」

静寂は一瞬だった。

わぁぁあああああああ、と貴族たちは口々に手を上げ、英雄を歓迎する。

言い出したオルミネ男爵夫人はおろおろと視線を彷徨《さまよ》わせ、居心地悪く俯《うつむ》いた。

「一度だけ見逃しますわ。もう二度と言わないように」

「は、はい。申し訳ありませんでした……」

第三王女に窘《たしな》められ、オルミネ男爵夫人は逃げるようにその場を後にする。

エリザベスはふっと頬を緩《ゆる》めながらガゼルに近付いた。

「愚従弟《ぐてい》にしては上出来よ。ローガンズが残した空気を消してくれたわ」

「……別に、貴族共を鼓舞するためにやったわけではない」

「そうね。ところで、そろそろシャーリーさんを離してあげたら？　顔が真っ赤だけど」

「あぅ……」

シャーリーは頭が沸騰して倒れてしまいそうだった。

（こんな顔、見られたくないわ……）

ぐりぐりとガゼルの胸板に顔をこすり付け、背中に手を回してしまう。

「シャーリー？」

さすがにはしたないと言われている気がして、シャーリーは俯《うつむ》いたままガゼルを離した。

エリザベスは微笑ましそうに言った。

「このまま二人きりにしたいところだけど、ガゼ坊には仕事があるの。ちょっとだけ借りるわね、シャーリーさん」

「は、はい……」

「ほらガゼ坊。あなたは招待客に挨拶《あいさつ》しなさい。玄関で握手するだけでもいいから」

「……分かった。イザベラ、シャーリーを頼んだぞ」

「はっ!!」

英雄から直接話しかけられれば、彼らの恐怖も一層和《やわ》らぐだろうという判断だ。

『野獣公爵』のあだ名と同様、第三次北部魔獣戦争におけるガゼルの活躍を皆が知っている。

ガゼルが離れると、エリザベスは扇《おうぎ》を広げてため息をついた。

「本当ならシャーリーさんともっと話したいんだけど、残念ながらあの馬鹿女のせいでお父様たちに報告しないといけないわ。悪いけれど、ここで失礼するわね」

「は、はい。あの……色々ありがとうございました」

「お礼なんて要らないわ。姉として当然のことだもの。だけど、あなたがど～してもお礼をしたいって言うなら、お姉さまって呼んでくれても構いませんわ？　むしろ呼んで頂戴。さぁ、さぁ！」

「それは……か、考えておきます」

「くッ。なかなかガードが硬いわね……！」

ぐいぐい来るエリザベスの声は聞こえないことにしてシャーリーは微笑んだ。

エリザベスが去る。ふと視線を上げれば、ガゼルは玄関で挨拶《あいさつ》をしているようだった。

「イリス。悪いけどマモンを指示役にして片付けを始めてもらえるかしら」

「かしこまりました」

ダンスホールの外で待機をしていた侍女たちが一斉に掃除を開始する。イリスには部屋で休んでいいと言われたけれど、シャーリーはダンスホールで仕事を見守ることにした。

玄関口ではガゼルが招待客と別れの挨拶《あいさつ》を交わし、時には握手をして微笑んでいる。

「ガゼル様、かっこよかったです！」「さすがは公爵様ですわ！」「よろしければ今度お茶でも」

「ちょっと抜け駆け!?」「よろしければうちの騎士の指導を」「今後うちの娘を紹介したいのです

が」「ガゼル様、二人目はどうお考えかしら」「わ、私、公爵様なら侍女としてお仕えしたいです」

貴族の子女──だけじゃなく、淑女たちまでもガゼルを取り囲み、黄色い空間を作っている。

美しい女性たちがこぞって殺到する様子に、シャーリーは胸がもやもやした。

「……だめ、です」

「シャーリー？」

気付けば玄関まで行ってガゼルの上着の裾をちょこんと掴《つか》んでいた。

こちらに振り返ったガゼルを上目遣いで見てから、顔を真っ赤にして俯《うつむ》く。

「ガ、ガゼル様はわたしのだから……他の人は、ヤ、です」

(うぅ。わ、わたし、こんなに面倒くさい女だったの……？)

ガゼルが他の女性と話しているだけで胸がざわざわして落ち着かなくなる。自分の中にこんなドロドロした感情があったことに驚きながらも、シャーリーは手を離さない。

顔が赤らんだまま、シャーリーは再び上目遣いで言葉を紡ぐ。

「ガゼル様には……わたしだけを見てほしい、です」

「……」

「ひゃわ!?」

突然、ガゼルがシャーリーを抱き上げた。

いわゆるお姫様抱っこの形である。貴族女性たちが唖然と見守る中、ガゼルは微笑んだ。

「ご婦人方。そういうことなので、私はここで失礼します。妻を愛《め》でねばなりませんので」

「ぴぃ⁉」

黄色い悲鳴を浴びながら、ガゼルはシャーリーを抱いたままその場を後にする。

忙《せわ》しなく動き回る使用人たちの生温かい視線を受けつつ、二人は夫婦の寝室へ。

シャーリーはベッドに優しく下ろされ、ガゼルは向かい側の椅子に腰を下ろした。

「何か飲むか？」

「は、はひっ、では、水を」

シャーリーは胸に手を当てて深く息を吐き出した。

（び、びっくりした。てっきり、このまま……）

その先を想像して、かぁあああ、と顔を赤らめるシャーリー。

ガゼルに手渡された水を一気飲みするけれど、身体の熱は一向に引いてくれなかった。

「す、すみません。ガゼル様。わたし、我儘《わがまま》を……」

「いや、構わない。俺もご婦人方に言い寄られて面倒だった」

ガゼルはシャーリーの頬に指先を這わせた。

「俺が君以外を愛することはないというのに、ご苦労なことだ」

「あ、あぅ……」

シャーリーは両手で顔を隠して俯《うつむ》いた。これ以上言われるのは限界だった。

「……その、大丈夫だったか？」

「……大丈夫じゃないです。ガゼル様が褒めすぎて死にそうです……」

「そ、そうか。いやそちらではなく……ローガンズのほうだ」

シャーリーが顔を上げると、ガゼルは真剣な顔でこちらを見ていた。

「君が自分を責めているなら、その必要はないと言いたくてな」

「ぁ……」

この人はいつもこうだ。シャーリーが心にしまっていることを察して汲み取ってくれる。

言葉にせずとも気遣ってくれる優しさが、何より嬉しくてたまらない。

「大丈夫です。ガゼル様」

シャーリーはガゼルに手を重ねて頬を緩《ゆる》めた。

「ガゼル様がここにいていいって言ってくれたから……だから、大丈夫です」

「……ならよかった」

ガゼルの肩から力が抜けるのが分かって、シャーリーも嬉しくなる。

「はい。お義姉《ねえ》さまになんて負けませんから」

「……義姉《あね》」

ガゼルは眉根を寄せた。

「前から聞きたかったんだが……シャーリー。君はどうしてアレを義姉《あね》と呼ぶんだ？」

「え？」

「俺はそれが君の優しさからだと思っていたが……普通、あそこまでする女を義姉《あね》と呼ばんだろ。

シャーリー。その優しさは君自身を傷つける。改めたほうがいいと思う」

「……それは」

「エリザベスも君を妹にしたいと言っていた。今日からあっちを姉と呼べばどうだ？」

「おねえ、さまと？」

「あぁ。エリザベスも喜ぶ。まぁ、ほどほどにしないと調子に乗るがな」

その瞬間、頭を釘で刺されるような痛みが走った。

『ふふ、ほらこっちよ、おいで――』

頭の中で自分ではない誰かが呼んでいる。

心臓が徐々に早鐘を打ち始め、シャーリーは呼吸を求めるように呻《うめ》いた。

靄《もや》がかった過去の記憶が、次々と浮かんでは消える。

『なぁに――。――子ね』

ドクン、ドクン。

『これで――たちは――よ！』

掴《つか》み切れない遠い過去、そこにあったはずの温もり。

手を伸ばせば届きそうなのに、どうしても届かなくて。

「わ、たし……」

「シャーリー？」

ハッ、とシャーリーは顔を上げた。

心配そうに顔を覗《のぞ》き込むガゼルを見ると、呼吸が落ち着いて楽になっていく。

「すまない。そんなに嫌なら無理しなくてもいいんだぞ」

「は、はい。ありがとうございます。もう大丈夫です……」

(さっきのは何だったんだろう。何か思い出しかけた気がしたけど……)

「今日はもう休め。明日から慌ただしくなるから」

ガゼルは立ち上がり、シャーリーの額《ひたい》に口づけを落としてきた。

「おやすみ。愛する妻よ」

「ぴっ⁉」

せっかく冷めた熱が、またぶり返す。

余裕のある笑みを浮かべたガゼルは、後片付けをするために去って行った。

静かになった部屋の中、我に返ったシャーリーは布団に飛び込む。

(ガ、ガゼル様が妻だって……えへ、えへへ……)

シャーリーは枕を抱いてニヤニヤしながら転げ回った。

(し、しかも！　愛してるって！　きゃー！　わたしも好きー！)

にゃあお、と、呆れたような愛猫《ジル》の声が響くのだった。

第四章　すれ違う迷路の中で

ローガンズ伯爵家のクーデターは、またたく間に王国中に知れ渡った。

王家はすぐさま鎮圧軍を編成。ローガンズが攻めて来る前に対処することを宣言する。

これはローガンズのクーデターに呼応する貴族がいないようにとの処置だったが、残念ながら王家をよく思わない一部の貴族たちは既にローガンズに味方し、国は真っ二つに割れた。

内戦の気配がひしひしと感じられる中、渦中のサリウス家も他人事ではいられない。

「王族との会議がある。悪いが、夜まで前線基地にこもりきりになると思う」

「分かりました」

北部の魔獣戦線には有事の際に王都と通信するための魔道具がある。いつローガンズが襲ってくるか分からない現状、王都まで行くには手間がかかりすぎるという判断だろう。

私室で着替えるガゼルを手伝いながら、シャーリーは意を決して問いかけた。

「あの、ガゼル様。わたしにも何か出来ることはありませんか」

「……何？」

シャーリーはローガンズ出身で、彼らの魔術は嫌というほど知っている。その特性と傾向を伝えるだけでも、ガゼルを始めとした鎮圧軍にとって大きな力となるはずだ。

（お義姉《ねえ》さまたちを止めないと）

同じ家に住んでいた者として、何かしていないと落ち着かないのである。

ある種の使命感に燃えるシャーリーは公爵城に来た時とは違う、堂々たる佇《たたず》まいだ。

既に公爵夫人としての貫禄を身に着けつつある彼女に、ガゼルは柔らかく微笑んだ。

「ありがとう。シャーリー。君の気持ちは嬉しい」

「では……」

「しかし、ダメだ。俺は君を手伝わせる気はない」

「え」

冷たい、突き放すような言葉だった。

初めて出会った日の時、契約を交わした時のような。

「君から助言を得る必要はないし、何か手伝えることもない。そんなことをしなくても俺はローガンズに勝てる。勝ってみせる。だから君は、安心して守られていればいい」

「でも……」

何か、力になりたい。

自分には大した知恵も力もないかもしれないけど、戦いに行く夫を見守るだけなのは嫌だ。

もっと、頼ってほしい。

何か簡単なことでも、手伝えって言ってほしい。

「それに……」

ガゼルは言い淀んだ。

やがて覚悟を決めたように頷き、顔を上げる。

「ローガンズ夫人……マルグリットは洗脳魔術を使うと聞く。君が彼女に洗脳されていない保証がどこにある？　君からの情報がローガンズによって歪められたものだとしたら？」

シャーリーは咄嗟《とっさ》に言葉が出てこなかった。

彼の言葉はローガンズを知る者なら当然の憂慮ではあったが――

シャーリーからすれば、裏切られたような気持ちになった。

「わ、わたしを」

シャーリーは唇を震わせた。

「わたしを、信じてくださらないのですか……？」

「そうではない。ただ、すべての可能性を考慮すべきという話で」

「わたしがローガンズだから、何もしなくていいと仰《おっしゃ》るんですかっ？」

「シャーリー」

ガゼルが手を伸ばしてきたが、シャーリーは反射的にその手を撥《は》ねのけた。

愕然と立ち尽くすガゼルにハッと我に返るが、どうしても謝罪する気にはなれなくて。

「……ごめんなさい。気分が優れないので失礼します」

「シャーリー!!」

光の粒を散らしながら、シャーリーはその場から走り去った。

いつもは聞くだけでホッとしていたガゼルの言葉も、今だけは聞きたくなかった。

◆◇◆◇

「ハァ、ハァ……うぅ……ぐす、うぅ……」

シャーリーがやって来たのは裏庭にある池のほとりだ。

水面にきらきらと反射する綺麗な光景も、涙で濡れてよく見えなかった。

（わたし、馬鹿だ……）

あんなことを言うつもりじゃなかった。

ガゼルが自分を心配してくれていることは分かっている。カレンやローガンズの魔の手から少しでも遠ざけようとしていることも。だけど、そうと分かっていても、疑心の芽は消えなくて、どんどん不安が大きくなって——我儘《わがまま》な子供のように飛び出してしまった。

「にゃあぁーお」

「………ジル？」

嗚咽《おえつ》を漏らすシャーリーの元に、黒猫がとことこ歩いてくる。

膝に顔を擂り寄せる愛猫の姿を見ていると、少しだけ心が和《やわ》らいだ。

「……ありがと。元気、出すから」

イリスやイザベラも今はそっとしてくれているのか、近くにはいないようだ。

(しばらく、このままで……)

シャーリーが膝を抱えて俯《うつむ》き、どれくらい経っただろう。

「おや。久しぶりだね」

「……おばあさん?」

声をかけてきたのは以前、裏庭を散歩した時に腰を痛めていた老婆――ゲルダだ。

「腰はもう大丈夫なの?」

「あんたのおかげでね。もうすっかり良くなってしまったよ」

「そっか。それはよかったわ。わたし、大したことはしてないけど……」

腰をさすっていただけのような気がして、シャーリーは苦笑する。

「大したことじゃない。ね……国中の医者が匙《さじ》を投げたんだけどね」

「さじ?」

ゲルダは何やらぶつぶつと言っていたが、やがて顔を上げてシャーリーを見た。

「で、どうしたんだい。涙なんて流して」

シャーリーは俯《うつむ》いた。

「……おばあさん。聞いてくれる? わたし、ガゼル様にひどいこと言っちゃったの」

「ふぅん?」

普段は本邸にいない人間だからだろうか。それとも、この老婆が持つ包み込むような雰囲気のせいだろうか。シャーリーは知り合って間もない彼女に全部を打ち明けていた。

「わたしが悪いの……ガゼル様に迷惑かけちゃってるから……」

「なるほどねぇ……」

ゲルダは顎《あご》に手を当てて呟《つぶや》いた。

「確かに、それはあんたが悪い」

「う。そうよね……」

平民の娘ならともかく、次期公爵夫人が夫に我儘《わがまま》をぶつけたあげく、出て行ったのだ。

確かにガゼルの言い方も、ちょっぴり悪いんじゃないかとは思うが、それとこれとは話が別。

今回の件はシャーリーが全面的に悪い――

「男の許可を得るなんて二流だよ。もっと上手く立ち回らないとね」

「え……？」

何か意味の違うことを聞いた気がして、シャーリーは顔を上げた。

「ど、どういうこと……？」

「そのままの意味さ。あんたには気合が足りなすぎるって言ってんだ」

「気合」

首を傾げると、ゲルダは懐かしむように天を仰《あお》いだ。

「確かに公爵の言葉には一理あるんだろう――だが、それはあんたの行動とは何の関係もない。

男に可愛がってもらうことだけが公爵夫人の仕事じゃないのさ。代々の公爵夫人たちは戦場に行く夫を支えるために、おのれの手で公爵城を切り盛りしてきた――と聞いている」

ゲルダの言葉には実感がこもっていた。

かなりの老齢だ。彼女は先代や先々代の公爵夫人のことを見てきたのかもしれない。

「あんたの間違いは、自分に出来ることはないかとガゼぼ——ガゼル様に聞いたことだ。なぁにを腑《ふ》抜《ぬ》けてやがる。気合が足んないよ。男の許可を得たいなら、許可をせざるを得ないように根回しをしてから最後に許可を得る——それが交渉の基本。それが貴族の立ち回り方ってもんだ」

「貴族の……？　婚約者でも、一緒？」

「一緒さ。男と女にだって駆け引きはあるんだよ。あんたには、まだ分からないかもしれないが」

ゲルダは優しく微笑んだ。

「ダメだと言われたら勝手にやればいい。他人に文句を言わせない権限があんたにはある」

「か、勝手……さすがに迷惑じゃ、ないかしら」

「あんたはちゃんと考えて、周りを見て行動出来る子だろ？　それすら出来ないのかい？」

シャーリーはぶんぶんと首を横に振った。

「なら、それでいいのさ。迷惑をかけないように行動すりゃいい」

「ぁ……」

ゲルダの手がシャーリーの頭をゆっくり撫でていく。もう顔も思い出せない母のように。

もしも自分に祖母がいたら、こんな感じなのだろうか……

「自分にやれることを考えな。これまでのあんたの行動の中にヒントはある」

「これまでのわたしの行動……」

シャーリーは自分の行動を振り返ってみた。ローガン邸を出てから、サリウス公爵家で過ごした日々を思い出す。特別なことはしていないような気がするが、ここにヒントがあるのだろうか。

（何のヒントが欲しいのか分からないと、どうしようもないわ。わたしはまず、何をすべき？）

シャーリーやサリウス家にとって一番の問題点――つまり、カレンへの対策。

（わたしに出来る、これまでの行動……虐《いじ》められたこと？　そして、お義姉《ねえ》さまの弱点を思い出す？　お義姉《ねえ》さまの苦手なもの……何かないかしら。何か）

ローガンズ家で過ごしてきた日々を思い出す。シャーリーがカレンと接していたのは虐《いじ》められている時だけで、彼女がどういう風に過ごしていたのかは知らない。好きなものや嫌いなものも分からないし、魔術に関しては苦手などないように思う。ガゼルでさえ彼女に傷をつけられなかった。

（ガゼル様とお義姉《ねえ》さま……ぁっ!!）

脳裏に電撃が走った。

「そうだわ……一つだけ、分からないことが……大事なことがあったの」

「うん」

「確かめなきゃ……もしそれが正しいなら、お義姉《ねえ》さまに対抗出来るかもしれない！」

こうしちゃいられない。シャーリーはたまらず立ち上がった。

「おばあさん――ゲルダさん、わたし、行かなきゃ」

「あぁ。行っておいで。今度は泣くんじゃないよ」

「うん。好きにする――やれることを、ちゃんとやる。そうよね？」

「分かればいいのさ」

シャーリーは微笑み、ドレスの裾を摘まんでガゼルの元へ走り出した。

◆◇◆◇

シャーリーが泣きながら裏庭に走っていった光景は、使用人のほとんどが目撃していた。

直接見ていない者も話し伝いに聞き、代わる代わる執務室に足を運ぶ。

「ガゼル様、最低」「この愚図」「追いかけなさいダメ主《あるじ》」「言葉足らずにも程がある」「不器用すぎ」「女の敵」「シャーリー様が可哀そう」「ほんと最悪」「呆れるほどのダメ男」

面と向かって公爵に言う勇気がない者には渋いお茶を淹《い》れられた。

使用人全員の冷たい扱いに耐えきれず、ガゼルは机に突っ伏した。

「はぁ～……もう頼むから、分かっているからみんな黙ってくれ……辛い……」

「旦那様、そろそろ行かないと王族との会議に間に合いませんよ。いくらデリカシーを子宮に置き忘れた旦那様でも、約束をすっぽかすような真似はしないと存じますが……しませんよね？」

「お前も大概ひどいな!?」

「これこそ筆頭執事の仕事です」

「そんな執事がいてたまるか！」

自業自得でしょう、とマモンは鼻を鳴らした。

「あんな言い方はなかったんじゃないですか」

「……ひどいことを言ったことは分かっている。それでも、必要だった」

ガゼルは執務椅子に背中を預け両手で顔を覆って、「はぁ――……」とため息をついた。

「シャーリーは……純粋なだけじゃない。なんというか、たまに無軌道だろう。猫を助けるために冬の池に飛び込んだり……知らない女性が倒れていたら駆け寄ったり……」

「まぁそうですね」

「無茶をしてほしくないんだ。傷ついてほしくない。ずっと笑ってるだけでいい」

ローガンズに関してシャーリーが負うべき責任など絶対にないのだ。

確かに彼女が知っている知識は有用だろうし、役に立つだろうとは思う。

けれど同時に、それは辛い過去を思い出すきっかけにもなってしまうから――

「自分で奥様の笑顔を曇らせていたら世話ないですけどね。泣いてましたよ、奥様」

容赦のないマモンの言葉に、ずーん、と落ち込んでしまうガゼル。

『わたしを、信じてくださらないのですか……？』

シャーリーのことは全面的に信頼している。あれほど無垢《むく》な女性を疑うというのが無茶な話だ。

ガゼルが恐れているのはシャーリーの知識が流出することで、彼女が動き出す可能性である。

(カレン・ローガンズ……アレからシャーリーを守るには、一体どうすればいい……？)

伝説の転移魔術でどこでも自在に現れる、神出鬼没の怪物。

前触れもなくシュバーンのど真ん中に彼女が現れた時は肝が冷えた。

つい先日の婚約披露宴もそうだ。彼女はいつ、どこに、どうやって現れるか分からない。

(理由は分からないが……奴は間違いなくシャーリーに固執している)

カレンが現れる時は、いつだってシャーリーの目の前だ。狙って現れているとしか思えない。

(何らかの魔術的な媒介……鍵があるのかもしれない。問題はそれが何か分からないこと)

宮廷魔術師によれば、言葉とは何より強い魔術なのだという。

言葉があるから魔術が存在し、魔術があるから言葉がある。

シャーリーの知識から出た言葉がカレンの転移発動の鍵となっている可能性は無視出来ない。

(可能性がある以上、シャーリーにはただ守られていてほしい……それだけなんだ)

目下最大の問題はカレンだ。

逆にカレンさえどうにかしてしまえば、あとは王国軍の総力で片付けられる。

(あの怪物を倒すには……)

ガゼルは苦い顔をしながら、机に立てかけられた大剣を見た。

婚約披露宴の際、ガゼルはカレンの魔術を大剣で切り裂いてみせたが――

(断言出来る。俺の剣にあんな力はない)

だが、事実としてガゼルはカレンの猛攻を凌《しの》ぎ切った。もちろんそれはガゼルの戦士としての技巧によるところも大きいが――

――何よりの要因がある。

(やはりこの鞘《さや》だな……この鞘《さや》は、何かおかしい)

イリスの報告によれば、この鞘《さや》はカレンの重力魔術の中でも傷一つ付かなかったという。

そして、カレンが魔術で執拗《しつよう》に虐《いじ》めていたシャーリーもまた、目立った傷はなかった。

このことから導《みちび》かれる答えは——

「ガゼル様！」

だだん、と勢いよく扉が開かれた。

そこには荒く息を切らしたシャーリーが立っている。

ガゼルはばつが悪そうに目を逸らした。

「シャーリー、その、さっきは……」

「ガゼル様。わたし、勝手にします」

「は？」

「ガゼル様がご心配されるのは分かるので、もう何も手伝いません。その代わり、わたしはわたしに出来ることをしたいと思います！　わたし、公爵夫人になる予定なので！」

ふふん、と胸を張るシャーリー。

ガゼルはシャーリーの後ろにいるイリスとイザベラを見た。彼女らは首を横に振る。

(誰だ、こんな入れ知恵をした奴は。くそっ、シャーリーが可愛くて何も言えん!!)

先ほどの喧嘩《けんか》もどこへやらだ。シャーリーは堂々と歩き、ガゼルの前に立つ。

「参考までに聞きたいのだが……何をするつもりだ？」

「お守りを作ります」

「お守り」

聞く者が聞けば失笑する言葉でも、今のガゼルには意味が違う。

「ガゼル様も気付いていますよね？」

シャーリーは胸に手を当てて言った。

「わたしには、お義姉《ねえ》さまの魔術を無効化する力があります」

それが、カレン・ローガンズに対する唯一の対抗策であると――

「…………たぶん！」

ずこーん！　とその場にいた者たちがずっこけそうになった。

「あはは……」

頬を掻きながら、シャーリーは続ける。

「ガゼル様に贈った鞘《さや》だけしか検証材料がありませんが……試してみる価値はあるかと！」

「待て、シャーリー。君がそんなことをする必要は……」

「ないかもしれませんけど、勝手にします。さっきも言った通り、わたしは公爵夫人になる女……

いいえ、ガゼル様の婚約者なので！」

ふんす、と鼻息を吐き、シャーリーは胸の前で拳《こぶし》を握る。

「それだけ言いに来ました。イリス、イザベラ、行きましょう」

「待て待て待て。分かった、分かったから……」

ガゼルは慌てて立ち上がり、弱々しくシャーリーの肩を掴《つか》んだ。

「君の気持ちは分かった。俺の負けだ」

「……」

「すまない。俺は君を守りたかっただけなんだ。カレンの魔の手から……それに固執するあまり、君の意志を尊重出来ていなかった。これでは旦那失格だな……」

「そ、そんなことはありません。ガゼル様はかっこいい旦那様です」

慌てて振り向き、しょぼくれたガゼルの頬を挟んで、シャーリーは言った。

「でも、わたしも力になりたいんです。じっとなんてしていられません」

「……分かった。不甲斐ない俺を許してくれ」

ガゼルはシャーリーに手を重ねて笑う。

「君さえよければ、俺に力を貸してほしい。共にローガンズに立ち向かおう」

「はい！」

シャーリーは満面の笑みを浮かべた。

この笑顔には敵《かな》わないな、とガゼルは思った。


シャーリーの能力検証は大急ぎで行われた。ガゼルの鞘《さや》を作った時と同じ素材と別の素材に魔術文字を刻み、お祈りを込める。これとは別に、意味のない文字を刻んだり、祈りを行わずに素材だけを変えたりもした。そうした組み合わせをいくつか作り、何がカレンの魔術を退《しりぞ》けたのか探るのだ。

そして――イザベラの魔術が実験材料を破壊する。

「《水の精よ、咲き誇れ》『氷華《ラ・グラキス》』！」

シャーリーが文字を刻んだ円形の金属板に、イザベラが氷の礫《つぶて》を放つ。

普通の金属板なら大きく形を歪ませるであろう威力に――

――パリンッ!!

氷の礫《つぶて》は、触れる前に消失した。

「「……」」

無言になる周囲とは裏腹に、シャーリーは両手を合わせて華やぐ。

「わぁ、わぁ！　魔術が消えたわ！　これ、本当にわたしがやったのかしら？」

検証の結果、シャーリーが文字を刻んだすべての素材に同じ現象が起きた。

素材や文字の種類に関係なく、すべての魔術が『お守り』に触れる前に消え去ったのだ。

「間違いなく奥様の力ですよ。でも……」

「だからこそ問題、ですね」

「ほえ？」

イリスが深刻そうに呟《つぶや》き、イザベラが蒼褪《あおざ》めた顔で言う。

その一方で首を傾げる無邪気なシャーリーを見て、ガゼルは頭を抱えた。

(藪《やぶ》を突《つつ》いたら竜が出てきた……！　ある意味ローガンズの問題より深刻だ)

シャーリーは分かっていないようだが、この世界において魔術は生活に深く根差している。

生活はもちろん、政治、経済、戦争、あらゆるものに魔術は関わる。

もし、もしもだ。

他者の魔力そのものを絶対的に無効化する者が現れたら？

しかもそれを、お守りという形で他者に与えることが出来る者がいたとしたら。

そいつは一体どれほどの利用価値となるだろう。

例えば王都の魔力炉を破壊することも出来るし、魔道具で生き永らえている老害を暗殺することも、意図的に一部の魔術を無効化し、魔術事故を演出することも可能だろう。

（こういうことだったのか……）

シャーリーがカレンの魔術で負傷しなかったのも。

魔術が使えないだけじゃなく、魔道具に触れれば壊してしまう体質も。

すべてはこの異質な力が原因だったのだ。

（シャーリー……君は一体、どれほどの運命を背負って……）

この力の使い方次第では、世界は混沌の時代に突入するかもしれない。

それほど危険な価値が、この力にはある。

ガゼルが目配せすると、意図を察したイリスは頷いた。

「奥様、検証結果を紙でまとめませんか？　こちらにお菓子も用意していますよ」

「ほんと？　ちょうど甘いものが食べたいと思っていたの！」

シャーリーは輝く笑顔で頷き、イリスに手を引かれてお茶会室へ。

その場に残ったガゼルは鋭く言った。

「分かっていると思うが、このことはこの場限りの秘密とする。たとえ拷問されても口を割るな。マモン、契約魔術を用意しろ。無理やり口を割られても吐かないようにな。イザベラは……」

「イリスにも同じことを。今後シャーリー様の力が露見するのを防ぐ、ですね」

「あぁ。死んでも漏らすな」

この力は危険だ。危険すぎて公爵家で使おうとすら思わないほどに。

（ローガンズ伯爵はこのことを知っていたのか……？）

恐らくだが、知らなかった。知っていたらシャーリーを差し出すようなことはすまい。

過去形なのは、今はもう知っている恐れがあるからだ。

（いくらローガンズでも王国に戦争を吹っ掛けるのは無謀……と思っていたが）

何らかのきっかけでシャーリーの力が知られてしまった可能性はある。

シャーリーの力があれば、王国全土と戦争して勝つことも出来るだろうから。

だからこそカレンは婚約披露宴の時、シャーリーの身柄を要求したのだ。

（まぁ知られてしまったものは仕方ない。これでローガンズの狙いが分かった）

王都の情報によればローガンズは周辺の領地を呑み込みながらゆっくり進軍しているという。

時間をかければかけるほど不利なのに速度が遅いことが気になっていたが、その謎も解けた。

（奴らはシャーリーを確保してから一気に王都を襲うつもりだ）

恐らくは魔術の力が強くなる、満月の晩。つまり——三日後の夜に。

（とりあえずは、そう動くと見て準備するしかないか……）

ガゼルは気持ちを落ち着け、顔を引き締めてシャーリーのいる部屋へ。

「あ、来たわ。ガゼル様、こちらです！　ケーキはもう用意してありますよ！」

ケーキの前でぴょんぴょんと跳ねるシャーリーは相変わらず愛らしい。

自分を見て顔を輝かせる彼女の隣に座り、ガゼルは腰を抱き寄せた。

すると、シャーリーは嬉しそうにこちらを見上げた。

「ガゼル様、わたし、役に立てますか？」

「君は生きているだけで俺の役に立ってるぞ？　君の笑顔にはいつも癒《いや》されるからな」

「そ、そうですか？」

髪をくるくるといじりながら目を逸らす様《さま》が、なんとも可愛らしい。

「じゃあ、お守り作っていいですか？」

「……うん。但《ただ》し、厳重に管理するように」

「はいっ」

張り切るシャーリーの頭にガゼルは手を伸ばした。

ゆっくりと撫でると、シャーリーは猫のように目を細める。

「えへへ……ガゼル様、ケーキ食べられないですよ……？」

「そうだな。ケーキより君を食べてしまいたくなる」

「ぴっ⁉　そ、それはダメです！　そういうのは、その、夜だけに……」

シャーリーの羞恥《しゅうち》は限界を超え、頭から湯気を出して俯《うつむ》いた。

それから彼女はぶんぶんと首を振ってガゼルから離れた。

「さ、さぁ！　ケーキ！　ケーキが待ってますよ！」

「そうだな」

ガゼルはシャーリーの向かい側に座り、同じケーキを堪能する。

イリスやイザベラ、マモンの微笑ましい視線に見守られ、久しぶりに夫婦の時間を取った。

優しく、穏やかな時間。

この時間がずっと続けばいいのにと、心の底から思う。

彼女がいるだけでどんなことでも頑張れる気がする。

（シャーリー。君だけは）

ガゼルは机の下で拳《こぶし》を握りしめ、固く誓う。

（君だけは、俺が必ず——守ってみせる）

冬の日差しが二人を包み込み、カーテンが風に揺れる。

風雲急を告げる風が、外の世界を駆け抜けていった。


——決戦の時は近い。

第五章　反乱と終焉《しゅうえん》

「時は来た」

ローガンズ家の精鋭百人が当主の前に居並んでいる。

野営地の一角に集められた彼らは今夜、サリウス公爵家を攻める予定だ。

「オータム王国を滅ぼし、我らローガンズがすべてを支配する時が。魔術の名門を冷遇し、誰のおかげで国が栄えたか忘れてしまった恩知らず共に復讐する時が、ようやく来たのだ！」

コルネリウス・ローガンズは伯爵家で壮絶な跡目争いを勝ち抜いた豪傑《ごうけつ》である。

確かに金遣いや性格に難はあるものの、彼の魔術の腕はローガンズ家の誰もが認めるところだ。

しかし、跡目争いを勝ち抜いた彼が目の当《まあ》たりにした現実は甘くなかった。

ローガンズを蹴落とそうとする魔術師協会の名門たち、既得権益にあやかろうとする新興貴族、貴族の力を削ぎたい王族。彼の前に立つ敵はあまりにも多く、日々心身を削られる日々だった。

力では解決出来ない政治的な問題に、コルネリウスの魔術はあまりにも無力だった。

そもそも先代や先々代の時から、オータム王国は非戦派に傾き、軍備を縮小しようという動きがあったのだ。当主が手をこまねいていれば、いずれローガンズの名は地に堕ちていただろう。

「オータム王国を掌握《しょうあく》するためにも、まずはサリウス公爵家を攻め落とす！」

「「応っ！」」

サリウス家が守護する魔獣戦線は、暗黒領域から入ってくる魔獣を防ぐためのものだ。

あの戦線を崩壊させてしまえばオータム王国は大混乱に陥《おちい》り、再び魔術全盛の時代がやって来るだろう。さすがにローガンズだけで王国を乗っ取れるとはコルネリウスも思っていなかった。

――それが、表向きの理由だ。

(敵を騙《だま》すにはまず味方から……我が真の狙いは別にある)

そもそもカレンが婚約披露宴に乱入し、王家に宣戦布告をさせたのはコルネリウスだ。

その狙いは、王国の守備に軍を回させることでサリウス家を手薄にすることにある。

(シャーリーの力……滅びの血が手に入りさえすれば、王国など手中に収めたも同然……！)

何も知らない愚かなサリウス家はシャーリーの力を知らないはず。

兵力で劣るローガンズが王国をひっくり返すには北部魔獣戦線を攻め落とし、暗黒領域から大量の魔獣を引っ張ってくる他にないと考えるだろう。もちろん指揮は公爵自身が取るはず。そう誤認させるために、ローガンズの斥候《せっこう》部隊を先に北部魔獣戦線付近へと送ってあるのだ。

かの豪傑《ごうけつ》はシャーリーの元を離れ、魔獣戦線の守備に回る――それこそがコルネリウスの狙い。

(ガゼル・サリウスのいない公爵邸など烏合《うごう》の衆。まとめて叩き潰してくれる……!!)

「カレン」

「はぁい。じゃあ行くわよ。みんな準備して」

百人規模の転移魔術陣を起動するのは、サリウス家には行かない二軍たち。

カレンはローガンズの最高戦力。魔力を温存するのに越したことはない。

あくまで転移の補助と、術式の安定化に努める算段だ。

「『起動《アウェイク》』！」

魔術陣が光を放ち、周囲の景色がぐにゃりと歪む。

足先から頭へ魔術陣が上昇し、風が彼らの間を吹き抜けていく。

転移キーはシャーリーの魔力だ。

百人が転移出来る座標となれば、公爵城の無防備な前庭があるはずで——

「は？」

そこでコルネリウスは目を見開いた。

真夜中、満月の光が煌々《こうこう》と照らす公爵城の前庭は優雅だ。

庭師に整えられた芸術美はさすがと言える——だが、そうではない。

「なぜだ……」

コルネリウスは震えた声で叫んだ。

「なぜ貴様らが、ここにいる⁉」

「待っていたぞ、ローガンズ共」

ガゼル・サリウス率いる公爵の騎士団が、そこにいた。

公爵城の前庭を埋め尽くす、北部魔獣戦線の強者《つわもの》たちだ。

「貴様の狙いは分かっている。思い通りに奪われてなるものかよ」

「……っ!!」

ガゼルのいない公爵城を奇襲するはずが、国内最強と名高い騎士団に待ち構えられていた。

その動揺はコルネリウスのみならず、ローガンズ全体へと広がっていく。

「どういうことだ……父上、作戦が漏れていたのですか⁉」

「落ち着きなさい、エリック！　作戦は直前に決めたのよ。バレるわけがないわ」

マルグリットとエリックの言葉に歯噛みし、コルネリウスは後ろを振り返った。

「カレン！　どういうことだ！」

「わ、分からないわよ！　ワタシはただ、あの子の座標近くに転移しただけで……！」

つまり、完璧に読まれていたということだ。

そしてガゼルのあの発言。もしかすると、彼はシャーリーの力に気付いたのかもしれない……

「ふ、ふはははは！」

コルネリウスは高笑いを上げた。

夜の闇に響き渡る不気味な声に、サリウス騎士団とローガンズ全員が注目する。

「まぁいい。どのみちやり合う予定だったのだ。奇襲出来なかったのは残念だが、その程度で後《おく》れを取るほどローガンズは落ちぶれちゃいない！　そうだろう、貴様ら！」

「「応！」」

「エリック！」

コルネリウスの前に長男エリックが進み出た。近接戦闘能力は皆無のエリックだが、対集団戦において彼ほど頼もしい者はそうそういないだろう。

「実験台になっておくれ――『毒祭《シック・パニッシュ》』」

魔術陣が公爵家騎士団の足元に広がり、濃い緑の霧が充満する。

触れた者の自由を奪う魔毒だ。手足の先から徐々に腐り落ち、最後には死に至る。

完全に毒が回り始めるまで五分といったところだが、公爵家の騎士団は既に苦しみ始めている。

身体的に弱ったところに、マルグリットがダメ押しの魔術を放った。

「あたくしの虜《とりこ》になりなさい――『魅了《ファス・キス》』」

洗脳魔術。文字通り言葉のままに相手を操る魔術だ。

条件付けが厳しいものの、身体が弱っている者ほどかかりやすい傾向にある。

既に公爵家の騎士団はなす術《すべ》なく、虚《うつ》ろな目でマルグリットの指示を待つ。

「お前たち、自害なさい」

妻の麗《うるわ》しい声を聞きながら、コルネリウスは満足げに頷いた。

鍛え上げた肉体も、技術も、ローガンズの魔術には敵《かな》わない。

待ち伏せされた？　だからなんだというのだ。

この磨き上げた魔術こそ、ローガンズが覇権を握るに相応《ふさわ》しい優勢血統である所以《ゆえん》！

「――放て」

そう思っていた。

公爵城の槍衾《やりぶすま》から放たれた矢の雨が、ローガンズ家の頭上を覆う前までは。

「何っ⁉」

ローガンズの魔術師たちは頭上に重力魔術を展開し、次々と降り注ぐ矢の雨を防いだ。

しかし問題はそこではない。

魔毒や洗脳魔術にかかったはずの騎士たちが、けろりとした顔で立っていたのだ。

「なぁ、もう芝居はいいのか？」

「何の魔術だったんだろうな。ただの色付きの霧かよ？」

「隊長も無茶言うぜ。相手が魔術を使ったら倒れて効いたフリしろなんてさぁ」

ローガンズ家に激震が走った。

「なぜだっ⁉　なぜ僕の魔毒が効いていない⁉」

「あ、あたくしの洗脳も効いていませんわ。どういうことですの⁉」

「ぐあぁああああああああああ！」

突如、ローガンズの魔術師が悲鳴を上げた。彼らの重力魔術を矢が突き破ったのだ。

「なッ」

コルネリウスの驚愕冷めやらぬまま、一人、また一人とローガンズが倒れていく。

ローガンズ家の誇る重力魔術が――彼らの矢に破られている。

「馬鹿なっ⁉　一体どういうことだ⁉」

「固まるな、散開、散開しろ！　こちらも魔術で応戦するんだ！」

「当主様、話が違います‼　奴らには我らの魔術に対抗する術《すべ》など、ぎゃぁ！」

またたく間に瓦解を始めたローガンズの精鋭たちを見て、コルネリウスは歯噛みした。

(やはり……ガゼル・サリウスはあの力に気付いたというのか……!?)

コルネリウスはシャーリーの力のことを誰にも言っていない。妻や子供たちにもだ。

彼はシャーリーの価値を知っており、その力を独占するのは自分だけで十分だと思っていた。

ましてや、サリウス家がその力を利用して対抗してくるなど夢にも思わなかった。

そうした事情を加味した上で、コルネリウスは思う。

(この程度の矢で倒れるとは。この役立たず共め!!)

「儂が先頭に出る!! 動ける者は続けぇ!」

ローガンズの精鋭たちが呼応し、コルネリウスの後に続く。彼は黒い重力の塊《かたまり》を宙に浮かべ、それを流星雨のように撃ち放った。重力の球は触れる前に弾け、衝撃波が騎士団を吹き飛ばす。

「うわぁ!?」

(あの力のことは儂が一番よく分かっている。奴らは何らかの媒体を持っているはずだ)

シャーリーの魔力を込めた魔術盤——あるいは金属板でもいいが、それに触れたら魔術は無効化される。ならば、媒体に触れる前に魔術を爆発させれば魔術無効化は意味をなさない。

——それは、サリウス家が相手でなければの話だ。

「ようやく前に出て来たな。ローガンズ」

「ッ!?」

衝撃がコルネリウスの横っ腹を突き抜けた。

骨が砕ける音、風を切る音。地面を二転、三転し、気付けばコルネリウスは地面を転がっていた。

見れば、ガゼルが鞘《さや》付きの大剣を振り抜いた姿勢で立っている。

「直接的な魔術が効かないなら爆発させる――貴様が考えそうな安直な手だ」

「な、ん。だと……！」

「爆発する前に懐《ふところ》に飛び込む身体能力があれば、貴様らは魔術を使えない。なぜなら自分を巻き込んでしまうからだ。見ろ――この程度の作戦、我が騎士団の前では無意味と知れ」

「ぎゃぁぁああ！　お母様、痛い、痛いよぉおお！　誰か、誰か僕を助けろぉおお！」

「エリック!!　あなた、ここをどうにかぶべぁ！」

コルネリウスは顔を巡らせる。エリックがやられ、マルグリットは自慢の美顔をぶん殴られ、ローガンズが誇る精鋭たちが本来の実力を発揮する前に敗《やぶ》れていく。

頭が沸騰しそうな怒りが込み上げてきた。

「何、している――こんな時のために貴様がいるのだろうが。何とかしろ、カレェン!!」

「分かっているわよぉ。ちょっと準備に手間取ったけど」

そう、たとえローガンズの精鋭たちが敗《やぶ》れたとしても――

至高の天才、最強の魔術師。カレン・ローガンズさえいれば、すべてはひっくり返る！

「今、終わらせるわ」

天が唸《うな》り声を上げた。

轟《とどろ》く稲妻が、世界を駆け抜ける。

――バシィィイイイイイイイイイイイ!!

「『天竜の煌めき《ドラゴニック・ライジング》』」

空より舞い降りた雷の竜がすべてを蹂躙《じゅうりん》する。

どれだけ魔術を無効化する術《すべ》があったところで。身体能力に秀でていたところで。

諸共《もろとも》すべてを破壊する暴力の前では、すべて無意味！

「おぉぉ!!」

その時、大剣が破壊の化身を打ち砕いた。

「は？」

ガゼルは身の丈ほどもある大剣を放り投げたのだ。

悲鳴のような音を響かせ、雷の竜は消え去った。

「な、なんで、ワタシの魔術が、消えて……？」

「確保っ!!」

「「はっ！」」

ガゼル命を受け、公爵家騎士団がカレンやコルネリウス、ローガンズたちを捕縛する。

「ちょ、何よ。何するのよ、離れなさい!!」

「カレン!!　何をしている、貴様の魔術ならそいつらを吹き飛ばすくらい……」

「ま、魔術が使えないの!!　こいつら、一体どんな魔道具を使って……！」

「く……っ」

「娘のことを気にしている場合か？」

「うが⁉」

思いっきり頭を蹴られ、チカチカと視界が明滅するコルネリウスにガゼルは告げる。

「本当なら一息に殺してやりたいところだが、貴様らには死すら温情だ。一瞬で楽になられては
シャーリーにしたことと釣り合わない。ローガンズの害虫共。貴様らは生き地獄を味わって死ね」

「は、離せ！　この儂を誰だと思っている！　ローガンズだぞ。魔術の名門、四大貴族の……！」

「そこで俺の義父と訴えないあたりが、貴様の性根が透けて見えるというものだ」

ふん、とガゼルは鼻を鳴らした。

「何がローガンズだ。何が名門だ。魔術の迷門の間違いじゃないか？」

どっ、と騎士団の全員が嘲《あざけ》るように笑う。

「クソ、クソ、クソぉおおおおおおおおおおおおおお！」

ガンッ‼　と、宙から落ちて来た大剣がコルネリウスの真横に突き立つ。

かくして、ローガンズ伯爵家の反乱は幕を閉じた。

サリウス公爵騎士団の勇名は世界の果てまで轟《とどろ》くこととなる。

――その陰にあるシャーリーの存在は隠したままに。

◆◇◆◇

すべてが終わった。

シャーリーがマモンから知らせを受けたのは、戦いが始まって十分ほど経った時だった。

二十人以上の護衛に守られた公爵城の私室で、シャーリーはそっと安堵の息をつく。

廊下はにぎやかで、護衛たちから勝利の喜びが伝わってくるかのようだった。

シャーリーは顔を上げて問いかける。

「ガゼル様は？　無事なの？　お怪我はされてない？」

「一切傷を負っていません。すべて奥様のおかげですよ」

「そう……よかった。お役に立てたのね」

シャーリーは顔をほころばせると、マモンは口元を緩《ゆる》める。

「役に立ったどころか、この戦いは奥様のおかげで勝ったようなものです」

「それは大袈裟よ。マモンはお世辞が上手ね」

ころころと笑う女主人に、従者たちは顔を見合わせて苦笑した。

「よし。戦いが終わったらガゼル様を迎えに行かなくちゃっ！　イリス、護衛の皆さんに果実水を用意して差し上げて。マモンは騎士団の方々からお守りの回収をお願い出来るかしら。ちゃんと帳簿と照らし合わせて欠けがないか確かめてね。イザベラは、わたしと一緒に来て頂戴」

「「奥様の仰《おお》せのままに」」

私室から出ると、騎士団の護衛たちが一斉に敬礼した。一人一人にお礼を言い終えたシャーリーはそのまま、二階から公爵邸の玄関口へ向かう。

窓の外はすっかり真夜中で、月が中天にまで昇っているようだった。

満天の星の下、騎士団の血がほとんど流れなかったことを本当に喜ばしく思う。

こんなに気持ちのいい日は戦いなんてせず、お月見でもすれば楽しいのに。

そんなことを思いながら視線を下げたその時だ。

「あら……あれは」

公爵城の裏庭を騎士団が二列になって歩いている。彼らが挟んでいるのは、厳重に鎖で縛られたローガンズ伯爵家の面々だ。当主一族——つまり、シャーリーの家族ということになる。

連行される彼らをガゼルが注意深く観察し、その後ろ——シャーリーの真下に当たる位置に、カレンがいた。

「……」

全身を鎖でがんじがらめにされた彼女は猿轡《さるぐつわ》を噛まされ、喋《しゃべ》ることも出来ない有様だ。

他の者たち以上に騎士たちが警戒しているのも見て取れる。

「シャーリー様……」

「大丈夫よ、イザベラ。ここなら離れてるし」

シャーリーのお守りを身に着けさせている以上、魔術を使うことは出来ない。いかにカレンであろうとも、身体強化の魔術すら使えなければただの傲慢な女にすぎないのだから。

「……さようなら、お義姉《ねえ》さま」

そう、シャーリーが呟《つぶや》いた時だ。

くるりとカレンが振り返った。

シャーリーと目が合う。

そして彼女は――笑った、ように見えた。

柔らかく、安心したように、肩の力が抜けたかのように。

「え……？」

「おら、とっとと歩け！　よそ見するな！」

「あ」

シャーリーがその違和感を確かめる前に、カレンは騎士たちに引きずられていく。

その笑顔の意味を確かめられぬまま、シャーリーは手を伸ばした。

だが、どんどん遠ざかる背中は公爵邸の別棟に呑まれ、消えていく。

「……今のは」

「シャーリー様、お気持ちお察しします。もう大丈夫ですよ」

イザベラが優しく肩に手を置いた。

「もう奴らと会うことは二度とありません。義姉《あね》なんて呼ばなくてもいいんです」

「……そう、なのかしら」

「ええ。そうです。ほら、ガゼル様も言っていたじゃないですか。エリザベス様がシャーリー様と姉妹の契りを結びたがってると。今度から甘えたい時はエリザベス様を頼りましょう」

――もう、イザベラ。もしかしてエリザベス様に何か言われたの？

——仲を取り持ってくれとか。ほら、正直に話して？
そんなことを言おうとしたのに、シャーリーの唇は震えて言葉にならない。
ただ、イザベラが発した一言を、舌の上で転がした。
「姉妹の、契り」
頭に閃光が走った。
「づっ⁉」
激しい頭痛がし、心臓がどくんどくんと爆走し視界がぼやける。
だらだらと冷や汗を流しながら、顔から血の気が引いていくのが分かった。
「——リー様⁉　だ、誰か、誰か——くれ、シャーリー様が‼」
イザベラの叫びが遠くに聞こえる。
けれど、シャーリーは答えない。答えられない。
『シャーリー』
誰かが自分を呼んでいる。
記憶の彼方《かなた》から、温かな声が流れ込んでくる。
『なぁにあなた。みすぼらしい子ね』
どくん、と心臓が音を当てた。
（なに、これ）
早鐘を打つ心臓の動きに耐え切れず、シャーリーは胸を押さえる。

（嘘よ。こんなの、知らない。わたし、わたしは……!!）

ぽたぽたとこぼれ落ちる雫《しずく》が、絨毯《じゅうたん》に染みを作っていく。

「ハァ、ハァ……」

『ふふ。これであたしたちは本当の姉妹よ！』

泡沫《うたかた》のように浮かんでは消える言葉の数々。

『ずっと一緒だからね、シャーリー。お姉ちゃんに任せなさい』

あぁ。

思い出した、思い出した、思い出した!!

なんで忘れていたんだろう、絶対に忘れちゃいけなかったのに。

封じられた記憶、遠き日の想い、自分にとって大好きな、彼女と過ごした大切な思い出を――

「シャーリー様!! しっかり、しっかりしてください！」

「おい、どうした、何があった!?」

「ガゼル様、それが突然、シャーリー様が苦しみ出して……」

「……っ、なぜだ。何が原因だ。医者はまだ来ないのか！」

「既に呼んでいます！ ガゼル様、奥様をお部屋へ！」

「ま、待って……」

「シャーリー!!」

自分を持ち上げようとするガゼルの手を、シャーリーは震えながら止めた。

「シャーリー……シャーリー、大丈夫なのか？　痛くないか？」

「わたしは、大丈夫、です……」

「一体どうしたというんだ。何か、発作のようなものか？　何か、攻撃を受けたのか？」

シャーリーは首を横に振る。

話をしたいが、頭がぐわんぐわんと痛んで力が出ない。

冷や汗で全身がびっしょり濡れてしまって、夜の風に震えそうになる。

「と、とにかく、一旦休もう。こんなにも身体が冷えてしまってる」

「ガゼル様……」

「話なら後で聞く。シャーリー、お願いだから休んで……」

いつになく動揺したガゼルに、

「ガゼル様っ!!」

シャーリーはあらん限りの力で叫んだ。

この公爵邸に来て、彼女がここまで大声を出したのは初めてのことだった。

シンと静まり返った廊下の中、シャーリーはガゼルに縋《すが》りつく。

「お願いします。どうかわたしの話、今、聞いてください」

「……あぁ、分かった」

シャーリーが視線を彷徨《さまよ》わせると、ガゼルはイリスを見た。

イリスは主《あるじ》の意図を汲み、騒ぎを聞いてやって来た者たちを下がらせる。

この場に残ったのは、シャーリーとガゼルだけだ。

「他人に聞かせられない話か。何があった」

真剣な声音。ガゼルはちゃんと自分と向き合ってくれている。

そのことが嬉しくて、瞳にじわりと涙を浮かべながらシャーリーは顔を上げた。

「ガゼル様、お願いが……あります。とても、驚かれるかもしれませんが……」

「君の願いならなんでも聞く。言ってみろ」

シャーリーは頷き、懇願するように叫んだ。

「お願いします……どうか、お姉さまを……カレンお姉さまを助けてください!!」

第五章　そしてすべてはひっくり返る。

サリウス家の別棟には王族の罪人などを収容するための座敷牢がある。使用人たちによって清潔さを保たれた座敷牢の石畳には埃《ほこり》一つなく、テーブルやティーセットまで設《しつら》えられている。

王族の品位を保つために作られたこの場所で、コルネリウス・ローガンズは喚《わめ》いていた。

「クソッ、クソッ、クソ、クソぉおおおおおおおおおお！」

この部屋は古代技術である魔術封じが機能しており、脱出することは出来ない。

比較的自由に動き回れるものの、手足は部屋の端に繋《つな》がれていて、服は襤褸《ぼろ》に着せ替えられている。牢屋に放り込んだ平民出身の兵士が投げつける嘲《あざけ》りの視線たるや、魔術が使えれば一瞬で殺していたと確信するほどの屈辱であった。見張りすらつけない侮《あなど》りように自尊心が逆撫でされる。

「おかしい、おかしいだろうッ！　この儂が、儂らがッ！　こんなことに！」

どんどんと地団駄《じたんだ》を踏みながら壁を殴りつける様《さま》は子供と大差ない。肥え太った豚が暴れる様子に嫌気が差したのか、顔に大きな痣《あざ》を作ったマルグリットは苦言を呈した。

「あなた、暴れるのはよしてください。みっともないですわ」

「なぜそこまで冷静でいられるんだ、マルグリット！　これが屈辱だと思わないのか⁉」

「思いますわよ！」

マルグリットは激昂した。

「こんな襤褸《ぼろ》を着せられて！　身に着けていたものすべて奪われて！　せっかくあなたみたいなブサイクと結婚したのに、どうしてこんな目に遭わなきゃいけませんの⁉　おかしいでしょう！」

「お、おま、ブサイク、だと、儂が……！」

「その肥え太った身体のどこに魅力がありますの⁉」

一見落ち着いていたマルグリットも伯爵に劣らない狂乱っぷりだ。

彼女は伯爵が来るまで息子のエリックと共に投獄されていたのだが、これまで我慢していたものが爆発したのだろう。

「あなたとなんて結婚しなきゃよかった！」

「それは儂の台詞《セリフ》だ！　貴様は贅沢《ぜいたく》ばかりで魔術の才能も大して……この顔だけ女！　あぁ、自慢の顔もそこまで歪んでいてはもう使い物になるまいなぁ！」

マルグリットは傷ついたように顔を押さえた。

彼女の顔はガゼルに殴られたことで歪な形になっており、まるで悪戯《いたずら》妖精のような醜い顔になっていた。魔術で整形したとしても、ひどい痣《あざ》が残ることは避けられないだろう。

「……もうやめてくれ、父上、母上」

情けない夫婦喧嘩《げんか》を止めたのは椅子で項垂《うなだ》れていたエリックだ。彼は組んだ手に顎《あご》を乗せながら険しい表情で床を睨《にら》んでいる。

「喚《わめ》いたところで何の解決にもならない……子供の前で争うのはやめてくれ」

「そ、そうね……ごめんなさい」

「……儂も言いすぎた。すまん」

互いにまだ不満は残っているものの、エリックの手前、一時的に矛《ほこ》を収めたのだろう。事実、彼らは視線を合わせようともしていない。夫婦仲に亀裂が入ったのは明らかだった。

と、そこで。

「そうだわ！　お茶を淹《い》れましょう。お茶を飲めば気が休まるはずだわ」

それまで黙っていたカレンが明るい声を上げると、エリックが怪訝《けげん》そうに眉根を寄せた。

「カレン。お前、お茶など淹《い》れられるのか？」

「まぁ失礼ね、お兄様。ワタシはなんだって出来るわよ？」

カレンは侍女のごとき手つきでティーセットを準備する。

手早くお茶を配ると、乱暴な手つきで飲んだ伯爵が悪態をついた。

「そもそもおかしいのだ。なぜ我らがあそこで奇襲すると読まれていた？　完全に待ち伏せされていたし、遅れて来るはずの援軍がまったく来なかったではないか」

「それに、奴らにあたくしたちの魔術が効かなかったことも妙ですわ。まるで、魔術が触れた傍から消えていくような、おかしな感覚……エリックの魔毒も効いていなかったようですし」

「カレンの術も防がれたからな。僕だけじゃない」

「ワタシは一生懸命やったわ！　超級魔術を二つも使ったんですからね！」

誰が悪いなどと言い出したらキリがないが、あの戦闘は何か妙だったとマルグリットやエリックも感じ始めていた。魔術が効かなかった理由について、コルネリウスには心当たりがある。ここに至ってもう隠しておくことは出来ないと判断し、コルネリウスは家族に事情を打ち明ける決意をした。

「皆聞いてくれ、実は、あの呪われた女には……」

その瞬間だった。

コルネリウスが身体をくの字に折った。

「ぐ……ッ⁉」

「あなた⁉　大丈夫⁉」

「父上⁉」

「なんだ、何か、腹が、疼《うず》いて……いだッ、いだだ、頭が……いだ、いい！」

「そういえば私も、何か熱っぽいような……ハァ、ハァ」

「母上……う、これは……うぇえっ！」

マルグリットが額《ひたい》を押さえ、エリックがたまらず部屋の隅で嘔吐する。

それは、あたかも内部から臓器が腐り落ち、全身の神経がずたずたに切り裂かれていくような。

魔道具のエキスパートであるエリックはこの症状に心当たりがあった。

「これは、魔毒……⁉　なぜこの術式が！」

自分が作った魔毒だと、彼は確信する。

サリウス家に使ったものと同じ、触れた者の自由を奪う魔毒だ。手足の先から徐々に腐り落ち、最後には死に至る。だがおかしい。あの術式は門外不出。誰にも真似など出来ないはずだった。

そう、内部の者が術式を盗まない限りは。

「まさか」

その時だ。

「キャハッ」

一人の女が、肩を震わせていた。

口元に手を当てた彼女は銀髪を揺らし、高笑いを上げる。

「キャッハハハハハハハハハハハハハハ！」

ぞくりと、その場にいる者たちの全身が総毛立った。

この場でただ一人痛みに苦しまず、カレン・ローガンズは腹を抱えている。

錯乱したような長女の豹変に、ローガンズ家の面々は目を点にした。

「カ、レン……？」

「まだ気付かないの？　いいえ、気付かないんでしょうね。あなたたちはそういう人だもの」

カレンは髪を耳に掻き上げ、艶《つや》やかに嗤《わら》った。

エリックは震えながら叫ぶ。

「まさか……まさかこれは、お前が!?」

「ワタシが入れたお茶に毒が盛られてたんだから、当然でしょう？　お兄様。ご自慢の魔毒を使わせもらったたわ。稚拙すぎて、改良しなきゃ使い物にならなかったけど」

挑発されたエリックの横でコルネリウスは怒りの咆哮《ほうこう》を上げた。

「カレン……おいたがすぎるぞ!!」

「そうよ！　誰に育てて、はぁ、もらったと思って……がはッ!?」

最初に限界が来たのはマルグリットだった。

ぴくぴくと痙攣《けいれん》を起こし、白目を剥《む》いてばたりと倒れる。

「マルグリット!?　が……ッ」

続けて倒れたのはコルネリウスだ。

肥満体の彼は紫色の顔になって、空気を求めるように喉を掻き始める。

「た、たすけ、ぜひゅ、ぜひゅ――……」と、呼吸をすることすらままならない。

既に彼らの臓器は腐り始めている。死んでしまうのも時間の問題だった。

「父上、母上……っ、おのれ、カレン!!」

まだ動けるエリックがいきり立ち、カレンに殴りかかった。

しかし、彼が踏み出した時にはもう遅い。

カレンは兄の後ろに回り込み、容赦なく首に手刀を打ち付けた。

「まだ動けるなんてね。年齢差で効き目に違いがあるのかしら」

「カレ、ン……！　貴様、一体……！」

うつぶせに転がったエリックはカレンに頭を踏みつけられ、抵抗を封じられる。

「一体、って？　まだ分からないの？」

カレンは嘲笑する。

「あなたたちは……いえ、ワタシたちはここで死ぬのです」

途端、カレンは口元を押さえて咳き込んだ。

ぎゅうう、と肺を圧迫され、心臓が爆走を始める。頭がぐらぐらして眩暈《めまい》がした。

「ゲホ、ゲホッ、はぁ、はぁ……」

カレンは手のひらを見る。

薄汚い手のひらは真っ赤に染まっていた。

（あぁ……これでようやく、すべて終わるのね）

にい、と口の端を上げた彼女はぎゅっと手を握る。

まだだ。まだ仕事が残っている。幕締めをしなければ。

「答え合わせを、しましょうか」

悪女はにこりと笑う。

「まず一つ目。なぜ援軍が来なかったか。ワタシが転移陣に細工したから、来たくても来られなかったのよ。今ごろあいつらは魔毒で動けなくなって、魔獣の餌になっているでしょうね」

「な、ぁ……!?」

「二つ目。なぜサリウス家が待ち受けていたのか？　ワタシが情報を流したからよ。いい加減、ローガンズにはうんざりしていたからね。ワタシ、裏切ることにしたの。許してね。お父様♪」

「カ、レン……カレェェエエンッ！」

「あなたのせいで、あたくしたちは……！」

「貴様ぁああっ！　家族を何だと思っている⁉」

「あなたたちを家族だなんて思ったことは一度もないわ。ワタシの家族は……一人だけ」

カレンは瞼《まぶた》の裏にその人物を思い起こすように目を瞑《つぶ》った。

「お前が、お前のせいでぇえええええ！」

コルネリウスの叫びに動じず、血にまみれた口元を緩《ゆる》ませ、悪女は誇らしげに胸に手を当てる。

「そう、すべてワタシの仕業よ。細工は流々、仕上げは御覧《ごろう》じろってね」

全身をのたうち回る激痛に耐え、脂汗を浮かべながら両手を広げた。

じゃらりと、鎖が揺れる。

「さぁ、終わりにしましょう。ここが忌まわしき伯爵家の晴れ舞台。この地下牢こそローガンズ終《しゅう》焉《えん》の地！　あの子を苦しめた場所にしては物足りないけれど、贅《ぜい》を極めたワタシたちにこの末路はお似合いでしょう‼　安心しなさい？　簡単に死なせはしない。楽にさせたりしないわ。さぁ！　地を這う虫けらのようにのたうち回り、血反吐を吐き、絶望を、恐怖を、苦痛を味わって⁉」

くるり、くるりと悪女が舞い踊る。

スカートを花弁のように翻《ひるがえ》し、タン、と跳ねるようにステップを刻む。

残酷な人食い花のごとく、カレンは凶悪な笑みを咲かせた。

「そして家族みんなで、仲良く死にましょう？」

断章　とある悪女の追憶

――すべてが、終わった。


そう自覚した瞬間、全身の力が抜けて強烈な吐き気が込み上げてきた。

「ごふッ……あぁ、ワタシも限界ね」

元より痛みなどない。痛みなど、感じる資格はないのだ。

「無様、滑稽《こっけい》……悪女にお似合いの最期だわ……」

キャハハ、と笑いながら、身体が床に倒れていく。

兄の術式を改造した魔毒とはいえ、ずいぶんと効き目が早い。まぁ、そうでなければ困る。

土壇場で死ぬのが怖くなって解呪しちゃうなんてこと、あってはならないもの。

ワタシは世紀の大天才だし、我ながらやりかねないところが怖いわ。

ましてや、ローガンズを仕留め損ねることなどあってはならない。

見る限り大丈夫そうだけどね。みんな、ちゃんと死にそう。

本当によかった。

「……」

視界がチカチカと明滅する。

身体から力が抜けて世界が暗闇に呑まれていく。

指先一本動かず、死にゆく身体に意識を任せることしか出来ない。

──あぁ、これが死なのね。

冷たくて暗い孤独なる深淵。

走馬灯じみた光景が、泡沫《うたかた》のように浮かんでは消えていく。

あの子の笑顔が、怒った顔が、泣いた顔が、甘える顔が。

姉として触れ合ったかけがえのない思い出が弾けて、消えていく。


「あぁ、シャーリー……」


ワタシのすべて。ワタシの生き甲斐。ワタシの使命。

目に入れても痛くない可愛いあの子。

ワタシは消えていく泡に手を伸ばした。

「……どうか、幸せに……」

記憶の荒波に、ワタシの意識は攫《さら》われていく。

◆◇◆◇

庭の木陰で泣いていたことを、覚えている。

「ひぐっ、えぐ……うぅ……」

「――大丈夫ですか？」

優しい声を、覚えている。

ハンカチを差し出した女性《ひと》は侍女の服を着ていて、心配そうにあたしを覗《のぞ》き込んでいた。

ローガンズ家にはいない、黒水晶のような髪が綺麗だと思った。

「怪我が痛みますか？　よければ、背中に塗り薬でも……」

「いらない。おかーさまに怒られるもの」

「今は舞踏会に出かけていますからバレませんよ。大丈夫……ね？」

「……ん」

その頃のあたしは魔術修業で生傷が絶えなかった。ついこの間、ローガンズ家の親戚で殺し合って生き残ったけど、負傷したことがお母様の逆鱗《げきりん》に触れて、いつもより修業が厳しかったのだ。

「はい、これでもう大丈夫。安静にしていましょうね」

「…………ありがと。おねーさん」

お礼を言うと、その人は虚を突かれたように目を丸くして、ふわりと笑った。

「どういたしまして、カレン様」

その女性は、ミアナと名乗った。

ミアナがローガンズ伯爵家にやって来たのはつい最近だ。

両親が大喧嘩《おおげんか》したのを覚えている。何やら子供がどうとか、孕《はら》ませたとかどうとか。とにかく、一人旅から帰って来たお父様が突然連れて来た妾《めかけ》の女――それがミアナだった。

それからというもの、あたしは魔術修業で傷ついた心と身体を、ミアナに癒《いや》してもらうようになった。両親がいない時に行われた密会は、ゆっくりと、しかし確実にあたしの意識を変えていく。

「じゃあ、普通の家族はこんな修業しないの？」

「えぇ。本当の家族は大切な人に痛い思いをさせないものです。確かに、修業などで痛みを覚えることはありますけど……ここのやり方は、間違っていると思います」

「そう、なんだ」

ミアナはローガンズ伯爵家がおかしいことを教えてくれた。

普通の家族は子供同士で殺し合いをしないし、子供を鞭《むち》で打つようなこともしない。

血反吐が吐くまで魔術を使い、魔剤を調合して身体を作り替えることもしないのだと。

「……あなたは、大丈夫なの？　あたしに会って。こんなこと続けて……」

「本当はダメなんですけどね。奥様に怒られてしまいます」

その人は切なそうに笑い、あたしの頭を撫でてくれる。

「でも、泣いているあなたを放っておけなかったから」

「……優しいのね」

「もちろん打算もあります。カレン様、一つ、お願いをしてもいいですか？」

「お願い？」

ミアナは意を決したように目を瞑《つぶ》った。

「はい。もしも私に何かあったら、あなたに娘を――シャーリーをお願いしたいんです」

「……あなた、娘がいたの？」

ズキ、となぜか胸が痛んだあたしに、ミアナは頷いて言った。

「カレン様。明日の夜、一人で中央棟の階段下に来てもらえますか」

お父様たちにバレないためだと直感したあたしは、迷彩魔術を施《ほどこ》して待ち合わせ場所へ行った。

ローガンズ家の中央棟、大階段の下にある地下へ通じる扉は、お母様から絶対に開けてはならないと言われた扉だった。ミアナは扉を開けて振り返った。

「カレン様。このことは絶対に誰にも言わないでくださいね」

「……分かってるわよ。あたしだって怒られたくないし」

ランタンの光を頼りに薄暗い階段を下りると、地下はカビ臭い空気に満ちていた。空気を取り入れるために地上へ通じているのか、冷たい風が肌を撫で、あたしは身震いする。

地下の一番奥に牢屋があった。その中にいる人影がぴくりと動く。

「だぁれ？」

「シャーリー。私よ」

ミアナの言葉と同時に、月明かりがその子の姿を照らし出す。

「かーさま！　おかりー！」

そしてあたしはその子と——シャーリーと出逢った。

月光に反射する濡れ羽色の髪は綺麗で、まあるいスミレ色の目は無邪気の塊《かたまり》。ぷっくりとした唇と瑞々《みずみず》しい肌もあいまって、背中に羽が生えているように見えた。

（これが、ミアナの子供……）

一目見ただけで愛されていることが分かる喜びように、あたしはまた胸が痛んだ。

今から思えば、嫉妬していたのね。あたしはお母様からひどい目に遭わされているのに、どうしてこの子は愛されているんだろうって。

ミアナはこの子のためにあたしを連れて来たんだ。

ローガンズ家が魔術を覚える人形としてあたしを育てているように——

ミアナは、自分の娘のためにあたしを利用しているにすぎないんだ。

そう思うと、急にすべてが馬鹿馬鹿しくなった。

「かーさま……そのひと、だぁれ？」

結局あたしは誰からも愛されない。

普通の女の子には、なれない。

こんなに幸せな家族に触れるのが嫌で、自分が惨《みじ》めでしょうがなくて。

「あたしは——」

赤の他人だと、冷たく突っぱねようとしたのだけど。

「この方はカレン様。私の——もう一人の義娘《むすめ》よ」

「え」と慌てて顔を上げると、ミアナは優しく微笑んでいた。

「もちろんカレン様が許してくれるなら、ですけど」

「……いいの？　あたし、ローガンズの子供なのに」

ミアナが両親からひどい扱いを受けていることは知っていた。知っていても、あたしにはどうしようもなかった。下手に動けばミアナがさらにひどい目に遭うことが分かっていたから。

「子供に罪はありません。それに――あなたは私に『ありがとう』と言ってくれたから」

「ぁ」

ミアナの言葉はあたしの心を溶かしてくれて。

優しく広げられた手に抗《あらが》うことなんて、出来なかった。

「おいで、カレン」

「……っ」

あたしはミアナの胸に飛び込んだ。優しく抱きしめてくれる彼女の胸に頭をこすりつけ、溢《あふ》れてくる涙を隠す。心臓がどくんどくんと脈打って、身体が熱くて仕方がなかった。

「むすめ？　このひと、しゃーりーのおねーさんなの？」

「そうよ。二人とも、私の大切な娘なの」

あぁ。

ずっと、この言葉が欲しかった。

ただ優しくしてほしかった。抱きしめてほしかった。愛してほしかった。

こんな風に、頭を優しく撫でてくれるだけで、生きる気力が湧いてくる気がした。

普通の子ならお母さんを取られたみたいで拒否反応を示していただろう。

だけど、シャーリーは天使だった。

「じゃあ、しゃーりーのねーねだ！　ねーね、うれしい！」

ミアナに抱き着くあたしを抱きしめるように、シャーリーは飛びついて来た。

頬をこすりつけてくるシャーリーは無邪気にあたしを見上げて、

「カレンねーたま！　よろしゅー！」

「えぇ……その、よろしくね。シャーリー」

「ふふ。二人とも。私がいなくても、ずーっと仲良くしてね」

「うん！」

「えぇ」

この時はミアナの言葉を素直に受け止めていたけど、今から思えば、ミアナは予感していたのかもしれない。あたしを娘だと認めてくれた二日後に、ミアナは死んでしまった。

ミアナと仲が良かったアニタという侍女は泣きながらに語った。

「他の侍女は病気だと言っていますが、真相は違います。ミアナ様は殺されたんです……！　大奥様がミアナ様の死体を見て嘲笑うのを、わたくしめは確かに聞いたんです……！」

「……っ！」

お母様に問い詰めたかったけど、出来なかった。だってあたしが感情のままに問い詰めてしまえば、これから一体誰がシャーリーを守ってやれるというの？

お母様なら、あたしの教育に悪いからってシャーリーを殺しかねない。

ローガンズが幼い子供にも容赦しないことを、あたしは誰よりも知っていたもの。

シャーリーは聡《さと》い子だった。幼いながらに母が死んだことをよく理解していた。

「えぇぇぇえぇぇえぇぇん！　えぇぇえぇぇぇえぇぇえぇぇん！」

あたしはただ、夜通し泣くシャーリーに寄り添うことしか出来なかった。

風の魔術で声が漏れないように結界を張り、この子を抱きしめることしか出来なかった。

自分の無力さが情けなかったことを、よく覚えている。

あたしの、あたしたちの大好きな人を守れなかった。

あたしだけはそれが出来たはずなのに、お母様の――マルグリットの魔の手から守れなかった。

「ごめんね……シャーリー。本当に、ごめんなさい……」

「ねーね……ぐす、ねー、ねは」

シャーリーはしゃくり上げながら顔を上げた。

「ねーねは、ずっといっしょ？　おかーさまみたいに……いなくならない？」

「もちろん。約束する……ずっとあなたの傍にいるわ」

「でも……ねーねは、おかーさまの……ほんとうのこどもじゃ、ないでしょ？」

泣きながら告げるシャーリーの言葉にあたしは胸を突かれた。

「だって、ねーねは、ここに、すんでない。きれーなおよーふくきて……まじゅつが、つかえる。

しゃーりーみたいに、くろかみじゃない。ねーねは、ねーねじゃない……！」

シャーリーはあたしの身体を突き飛ばして、部屋の隅で膝を抱えた。

「やだよぉ……おかーさまに、あいたいよぉ……！」

「シャーリー。あたしは……あたしだって……」

こんなにも近くにいるのに、まるで見えない壁に阻《はば》まれているかのようだった。

シャーリーが魔術を使えないためにここに閉じ込められているのだと、そう聞いたのはミアナが死んでからだ。魔術が使えないなら修業をしなくていいから羨《うらや》ましい——と、何も知らない頃だったら言っていた。でも、シャーリーのみすぼらしい恰好《かっこう》や痩せた身体を見ていたら、そんなこと口が裂けても言えなかった。確かにあたしは豪華な服を着て、朝も昼も夜も美味《おい》しいご飯を食べている。シャーリーからしてみれば、贅沢《ぜいたく》三昧な暮らしだろう。

だけど、それでもね、シャーリー。

たとえ贅沢《ぜいたく》な暮らしをしていても、あたしは幸せじゃなかった。

あたしにとって人生で一番幸せだったのは、二日前。

あなたたちと家族になれた瞬間が、一番幸せだったのよ。

「シャーリー。確かにあたしはミアナと血は繋《つな》がっていないわ」

「ぐす、うぅ……」

あたしは、泣き続けるシャーリーの左手を掴《つか》んで無理やり振り向かせた。

「だからシャーリー。飲んで」

「え？」

血のついた親指を、シャーリーに差し出す。

「ねーね、ち……いたい……？」

「痛くないわ。あなたも同じようにするのよ」

あたしは微細な風の魔術でシャーリーの指の皮を切った。

それから手本を見せるように、シャーリーの親指を口に含んで見せる。

「いだ……な、なにしてるの……？」

「あなたも同じようにして」

「……うん」

シャーリーは恐る恐る、あたしの親指を口に含んだ。

「うぇ……にがいよぉ……」

「そうね、苦いわ。でもこれで」

あたしはシャーリーの両手を掴《つか》んで微笑んだ。

「ふふ。これであたしたちは本当の姉妹よ！」

シャーリーは目をぱちくりさせた。

「ほんとうの……？」

「ええ。本に書いてあったの。こうしてお互いの血を指で含ませ合うと、お母様が違っても姉妹になれるんですって。あたしたちはお互いの血を飲んだわけだから、もう血の繋《つな》がりがないなんて言えないわ……血の契りってやつよ。すごいでしょう」

「ちぎり……じゃあ、ほんとうに？」

あたしが頷くと、シャーリーは徐々に顔を輝かせた。

「ねーね！」

「わっ、もう、急に抱き着かないでよ」

「ねーね、ごめんなさい。しゃーりー、ひどいこといったのに……！」

「いいのよ。姉妹なら、喧嘩《けんか》くらいするものでしょ」

「うん……！　うん……！」

シャーリーは泣き笑いながら言った。

「ねーね、だーいすき！」

「あたしも……あたしも、大好きよ。シャーリー」

あたしたちは夜通し、二人で泣き叫んだ。

ミアナを失った悲しみを補《おぎな》うように、痛みを分け合うように。

幼い温もりを感じながら、あたしは決意していた。

——あたしが守らなきゃ。お母さまと、約束したもの。

ううん、それだけじゃない。あたしは自分の意思で、シャーリーを守ると決意していた。

「これからは、もっともーっと、一緒にいるわ。あたしが色々教えてあげる。礼儀作法も、食事マナーも、外の世界のこと、たくさん……そしていつか、あなたを自由にする。約束よ」

「やくそく！　ずっといっしょだよ！」

——服を用意しよう。地下牢を綺麗にする魔術も覚えなきゃ。

——この子が楽しめるような本も選ばなきゃだし、髪も整えてあげよう。

——くれぐれもお母様たちにバレないようにしなきゃ。食事だって変えてやるんだから。

幸いにも、あたしたちにはアニタという侍女が味方に付いていた。

アニタはシャーリーの世話係に任命されたから、ものを忍ばせるのは簡単だった。

もちろん、あたしは修業の合間を縫ってシャーリーのいる地下へ足繁《あししげ》く通った。

両親が出かけている時は地下から出して遊んだこともあった。中庭で花冠を作ったり、一緒に紅茶を飲んで火傷《やけど》しそうになったり……あの子がお菓子を気に入ってくれた時は嬉しかった。

甘いものが大好きなあの子の笑顔が、孤独だったあたしの心を癒《いや》してくれた。

そんな生活を続けて一ヶ月くらい経った頃かしら。

ずっと誰にも見つからなかったから、きっとあたし、油断してたのね。

「——カレン。何をしているのかしら」

使用人からの密告を受けたマルグリットが、夜会に行ったフリをして戻って来た。

私室で遊んでいたあたしたちは引き離され、シャーリーは侍女に押さえつけられた。

「ねーね！　いや、ねーね！　ねー……ぁ」

「シャーリー!!」

侍女が電撃を放ち、シャーリーは気絶した。

あたしは頭がどうにかなってしまいそうなほどの怒りを覚えた。

「お前たち、誰の妹に手を上げたか分かっているのか!!」

この時のあたしは既にローガンズ家でもお父様――コルネリウスに次ぐ実力者になっていた。

シャーリーを押さえている侍女を倒すことなんて、小指一つで出来る。だけどそれを見越していたのか――

「動くのはよしなさい。さもなければこの子の命はありませんよ」

「……っ」

マルグリットはシャーリーの首筋にナイフを突きつけ、あたしを動けなくした。

十人がかりの魔術で拘束され、あたしたちはお仕置き部屋へ連れて行かれた。

「あたくしはあなたのために言っているのよ、カレン」

さまざまな拷問器具が置かれた部屋は、ローガンズ家の子供を躾《しつ》けるための場所だ。この部屋で鞭《むち》を打たれた時の恐怖を思い出し、全身から血の気が引いた。この部屋に入った時のマルグリットは本当に怖い。猫撫で声で話しかけて来るのに、目がまったく笑っていないから。

気絶したシャーリーに虫を見るような視線を送ってから、マルグリットは言った。

「アレと話してはダメ。あんなのと話したらあなたも呪われちゃう」

「……どうして、ですか」

ここで黙っていられるほど、この時のあたしは利口じゃなかった。

「この子は……シャーリーはあたしの妹です。血の繋《つな》がった妹なのよ!!」

「だって気持ち悪いでしょう？」

マルグリットは不思議そうに言った。

自分が間違っているとは毛ほども思っていない声だった。

「アレは触れただけで魔道具を壊しちゃうのよ、呪われてるの。それに、魔術も使えない穢《けが》れた血なんて、ローガンズには相応《ふさわ》しくない。あなたたちもそう思うでしょう？」

「分かります、奥様」「黒髪って気持ち悪いです」「その娘はローガンズに相応《ふさわ》しくありません」

「魔術が使えないなんて人間じゃないもの」「むしろ害獣駆除？」「処分すべきです」

次々と首肯する使用人たちの言葉に、マルグリットは満足げに頷いた。

「ほら。あなたが間違っているのよ、カレン。今なら許してあげるわ。あたくしの前で誓って頂戴？　二度とアレを、妹だなんて呼ばないと。アレと親しくしないと誓いなさい」

「いやです。あたしは……間違ってません」

パチンッ！　と頬をぶたれた。

熱い衝撃が身体の隅々まで広がって、手足がぶるりと震える。

散々魔術の修業で痛めつけられた身体が恐怖を思い出し、抵抗する力を奪っていった。

「聞こえなかったわ。返事は？」

「……………あたし、は」

「躾《しつけ》の悪い子にはお仕置きが必要ね」

マルグリットはあたしの身体を侍女に押さえつけさせ、鞭《むち》を取り出した。

その足はまっすぐシャーリーに向かっている。

まだまだ栄養の足りない貧弱な身体で鞭《むち》なんて打たれたら——

（シャーリー!!）

心の底から恐ろしくなって、あたしは慌てて懇願した。

「やめて——やめてください！　あたしが悪かったから！　あたしがあの子を連れ出したの！　だから、あの子に乱暴するのはやめて……お願い、お願いします……」

「そう？　じゃあ、はい」

マルグリットは、あたしに鞭《むち》を手渡してきた。

蕩《とろ》けるような笑顔で、戸惑うあたしの耳元に囁《ささや》く。

「あなたがアレを躾けなさい」

「ひッ」

あまりの恐怖に鞭《むち》を手放そうとしたけど、マルグリットはあたしに無理やり鞭《むち》を握らせて、その手を包み込んだ。これを離したらどうなるか分かっているんだろうな、と。

いやだ。いやだ。いやだ……!!

あたしはあなたたちとは違う。妹を鞭《むち》で打つような怪物になんてなりたくない!!

たった一人の家族なの。大切で、大好きな妹なのよ……！

「お願い、します。許してください。それだけは」

あたしは膝をつき、頭を床にこすりつけた。

「大事な妹なんです。守るって、約束したんです。お願いします」

「……」

「あたしは、なんでも言うことを聞きます。なんでもします。あたしは、あたしはどのように扱っても構いません。だから、その子だけは……!!」

だけど、マルグリットはあたしの言葉を無視してシャーリーを見た。

「ん～。そもそも前から思っていたのよね。アレ、生かしておく必要ある？」

あたしの言葉は、毛ほども届かなかった。

「ローガンズ家は魔術の名門、誇り高き四大貴族よ？　一族からあんな出来損ないが生まれたなんて醜聞、出すわけにはいかないでしょ？　あの人がなぜか生かしたがるから残してるけど……」

この時のマルグリットの顔を、あたしは一生忘れないだろう。

残酷に、冷酷に。

「躾の途中で死んじゃったら、しょうがないわよね？」

ニヤァ……と嗤《わら》う、それは悪女の顔だった。

そうして、マルグリットはあたしの手を離そうとして——

「あたしがやる!!」

あたしはマルグリットを止めて、シャーリーの前に進み出ていた。

「あ、あたしが、やる。だから、手を出さないで」

「そう。なら任せましょう。ちゃんと出来なかったら、あたくしが代わってあげるわね」

手を抜いたら許さない。ちゃんと見ているぞ、と釘を刺された。

使用人たちが水を浴びせ、意識を取り戻したシャーリーは咳き込みながら顔を上げる。

「げほ、げほっ、ね、ねーね……？」

「シャーリー。あたしは……」

戸惑ったようにこちらを見上げるシャーリーは状況をよく分かっていない。

あたしは迷っていた。

この場でマルグリットたちを皆殺しにして逃げるか、言いなりになるかを。

あたしの実力なら、使用人全員を皆殺しにすることは出来る。今はあたしがシャーリーを背中に庇《かば》っている状態だし、人質に取られない。その気になれば一分でこの場を血の海に出来るだろう。

問題はそのあとだ。あたしはシャーリーを連れて逃げないといけない。

コルネリウスやエリックを含めたローガンズの精鋭を、今の実力で相手に出来るか。

また、相手に出来たとして——年端もいかないあたしたちが二人で生きていけるのか？

あるいは皆殺しに成功したとしても、行く先は王国から追われる罪人としての生活だ。

内部の実情がどうだとしても、ローガンズは四大貴族の一角。

貴族勢力の権勢を崩さないためにも、罪人を許すわけにはいかないはず。

「あたしは……!!」

分かっている。ローガンズは今のあたし一人で相手が出来るほど甘い相手じゃない。

魔術の修業が嫌で逃げ出した時のことを思い出せ。あの時、自分は何をされた？

この場で採れる選択肢は、一つしかないわ……

「ねーね。いいよ」

シャーリーは優しく微笑み、自分から背中を向けた。

「しゃーりーはね、だいじょうぶ。だから……ね？」

「……っ!!」

あたしは最低だ。妹にこんなことを言わせるなんて。

血の涙を流すあたしに優しく微笑む妹に、この鞭《むち》を振るうことしか出来ないなんて。

「あ、ぁぁああああああああああああ!!」

ぺちんっ!!

「……っ」

シャーリーは泣きごと一つ、呻《うめ》き声一つ漏らさなかった。

ただ涙を浮かべて、ぎゅっと唇を引き結ぶだけだった。

その健気《けなげ》さが、あたしを傷つけまいとする優しさが、何よりあたしの心を抉《えぐ》った。

ごめんなさい、ごめんなさい。あたしは懺悔《ざんげ》のようにその言葉を繰り返した。

ぺちん、ぺちん、ぺちん、ぺちん、ぺちん、ぺちん、ぺちん、ぺちん、ぺちん、ぺちん、

ぺちん、ぺちんと、ぺちん、ぺちん、ぺちん、ぺちん、ぺちん、ぺちん、ぺちん。

腕の感覚がなくなるまで鞭打《むちう》ちをした時、シャーリーの背中は真っ赤な血で染まっていた。

可愛いあの子は今にも死にそうな、浅い呼吸を繰り返していた。

「よくやったわ、カレン」

マルグリットは猫撫で声で言った。

「覚えておきなさい。あなたは誇り高きローガンズ。その宿命から逃れることは、絶対に出来ないのよ……ふふ。あは、あははは、あはははは、あっははははははははははははは！」

幸いにもアニタの決死の介護でシャーリーは一命を取りとめた。あたしは罪悪感から逃れるように地下牢から離れ、自責の念を抱いたまま、調べ物に没頭した。

そもそも、なぜローガンズは黒髪を嫌うのか。

なぜ、この国のすべての人間が使える魔術を、シャーリーだけは使えないのか？

調査には苦労したけれど、コルネリウスの禁書庫で見つけた彼の手記に答えがあった。

――シャーリーは『滅びの血族』の末裔《まつえい》らしい。

曰《いわ》く、彼らは魔神から祝福された一族で、あらゆる魔力を拒絶してしまうんだとか。

それだけじゃない。彼らが持つ呪われた魔力はものに込めるだけでその力を発揮する。

下手をすれば世界に混乱を招きかねない危険な力――だからこそ彼らは決して表舞台に出ず、巧妙に姿を隠し続けてきた。だけどコルネリウスは、どうやってか滅びの血族を探し出した。

そして女性を拉致、強姦し、この屋敷に連れて来たのだ。自分の意のままに従わせるために。

それがミアナであり、生まれた子供がシャーリーだった。

コルネリウスは力の存在を隠すために黒髪は忌むべき者とし、伯爵領に噂を広げた。黒髪は災いの証《あかし》。魔獣がやって来て殺されるぞ――と。

「……こんなことだったなんて」

禁書庫の外で、ごろごろと空が唸《うな》っていたことを覚えている。

ピカッと雷が本を照らし出した途端、窓の外でざぁざぁと雨が降り始める。

「シャーリー……!!」

あの子は雷が苦手だ。震えて抱き着いてきたことを思い出し、あたしは鞭打《むちう》ち以来、初めて
シャーリーの元へ急いだ。正直なところ、合わせる顔がないと思っていたのだけど……

「んん……ねーねぇ……もう、たべられないよぉ……」

こっちの気持ちも知らず、あの子はすやすやと眠っていたっけ。

無邪気な寝顔。その背中にあるミミズ腫《ば》れのような跡は、あたしの罪の証《あかし》だ。

あんなことをしたのに、まだあたしを寝言で呼んでくれる。

その優しさが、無邪気さが、嬉しくて、切なくて、悲しくて。

「運命はどうして、この子ばかりに悪戯《いたずら》するの？　こんなの、あまりにも……」

小さな身には過ぎた運命だ。残酷すぎる。

まだ滅びの血は目覚めていないようだけど——もし、あの血が目覚めてしまったら？

あたしは思い出す。

『ねーね、だーいすき！』

『やくそく！　ずっといっしょだよ！』

あの子の笑顔を。あの子と交わした約束を。あの子と過ごした大切な日々を。

可愛らしく眠る妹を撫でていると、姉としての使命感があたしを掻き立てる。

「今のままじゃ、この子は……」

あたしはシャーリーの背中に触りながら奥歯を噛みしめた。

あたしは弱い。今のままじゃローガンズからシャーリーを守り切れない。

この子を守るには――ローガンズの外に出すしかない。

そのためにあたしがやるべきことを、考えて、考えて、考え抜いて。

「は、はは……」

ぽたりと、シャーリーの頬に雫《しずく》が落ちた。

そうだ、それしかない。この子のためには、あたしがローガンズを終わらせるしかない。

「ごめんね、シャーリー……ずっと一緒にいるって、約束したのにね……」

この子が背負った運命はあまりにも過酷だ。

一歩間違えばこの子を巡って世界が戦争を始めてしまうほどに。

シャーリーを救うためにはこの子の力を誰にも知られず、何も知らない女としてローガンズの外に出す必要がある。そしてこのことを知る可能性があるローガンズを、皆殺しにしなければ。

そのためには、あたしは傍にいちゃいけない。

ローガンズの傀儡《かいらい》として生き、シャーリーを虐《いじ》める悪女にならなければならない。

「あたしは約束を守れない……その代わり、誓うわ。この命に懸けて」

世界中の誰から忌み嫌われようと、

たとえ最愛の妹に嫌われようと、
もう二度と、姉と呼ばれなくなっても。

「シャーリー。あなただけは」

——必ず、救ってみせる。

涙を拭いたあたしは愛する妹の額《ひたい》に手を当てて、術式を編んだ。

あたしの手が淡い光を灯《とも》し、ゆっくりとシャーリーの全身に広がっていく。

「シャーリー。あなたの姉はひどい女よ」

精神魔術。洗脳魔術の上位互換、超高等の魔術で、ローガンズでさえ禁術指定をしている。そもそも魔術をかけられる相手が血を共有する者と限られており、元は身内の裏切りを防ぐために開発された魔術だ。天才と呼ばれるあたしでさえ習得は困難を極めた。緻密な魔力制御が要求され、血を媒介にすることもあってその効果は絶大。術者が死んでも解けることはない。

「家族はもっとひどい。憎みなさい。嫌いなさい。それだけがあなたが生き抜く唯一の術《すべ》だから」

精神をいじり、認識を歪めさせる悪魔の所業だ。使っているだけでも吐き気がする。

でもここまでしたのだ。途中で解除することは出来なくて。

「だから……だから……っ」

泣くな。泣く資格なんて、あたしにはないんだ。

あたしが死ねばシャーリーはきっと悲しむ。それはこの子の幸せに邪魔だ。

優しいこの子が悲しまないようにするためには、記憶をいじる必要があった。

「あたしと過ごした、思い出は……ひぐ、全部……忘れ、なさい……!!」

この時、あたしは——姉としてのカレン・ローガンズは死んだ。

新たに生まれ直したのだ。

尊大に威張り散らし、妹を虐《しいた》げ、舞踏会で遊び呆ける我儘《わがまま》娘へと。

ワタシの目論見《もくろみ》通り、シャーリーはワタシと過ごした記憶を忘れていた。アニタに事情を説明し、彼女にシャーリーを任せた上で、ワタシはこの子を守るために力をつけることにした。

これまで忌避していた修業を積極的に行い、倒れるまで続けた。独自に配合した魔剤を注射し、肉体を改造。術式の研究を繰り返し、いつしかローガンズの最高傑作と呼ばれるようになった。

そこからはもう、怒涛《どとう》の日々だった。

ワタシが伝えた知識をアニタがシャーリーに繋《つな》ぎ、領地運営や社交界の力関係、その他の一般常識と呼ばれるマナーを叩き込ませた。コルネリウスはシャーリーが血に目覚めていないか確認するために魔術文字を書かせていたけれど、密かに紙をすり替え、コルネリウスが絶対に気付かないようにした。幸いにも、シャーリーは滅びの血に目覚めなかった。

だからワタシはシャーリーを敵視するマルグリットを味方につけ、牢屋に繋《つな》いでいるだけの穀潰《ごくつぶ》しにするより、使用人として働かせるように働きかけた。そのほうが日の下を歩けるし、密かにお茶会のお菓子を残して食べるように仕向けたり、地下牢でも暖を取るように細工も出来たから。

だけど、当のマルグリットがアニタを虐《いじ》め始めた時、ワタシは計画を進めた。

マルグリットはとにかくシャーリーを嫌っていたから、あの子に世話を焼く存在が邪魔だったのだろう。ワタシはアニタが毒殺される寸前に救い出し、サリウス家に仕えるよう指示した。

悪女を演じながら社交界でシャーリーの婚約先を探していたのだ。

ガゼルは悪名を被《かぶ》っているけど、実は気遣いが出来る、部下からも慕われている存在だった。

シャーリーがみすぼらしい恰好《かっこう》で嫁げば、たとえ婚約しなくても保護はしてくれるだろう。

その時にアニタがいればシャーリーを助けてくれるだろうと思っていたけれど、まさか腰を痛めて引退していたとはね。代わりに娘が奉公に出てくれて助かったわ。

あとは簡単だった。

隣国アヴァンを通じてオータム王国の転覆を狙うコルネリウスに、さりげなくサリウス公爵家の情報を流し、婚姻を結んで王家の信頼を得ようとさせた。その頃、あいつは宰相に内通者として疑われていたしね。お金にも困っていたし、安直なあいつならそこに飛びつくだろうと思っていた。

シャーリーが応接室を掃除する時間を狙ってコルネリウスに呼び出され、悪女としてシャーリーを身代わりにする。シャーリーが虐待されていることに気付きやすいよう、わざと見た目を取《と》り繕《つくろ》わずに嫁がせる。面白いようにことが上手く運んだけれど、実際、良かったと思うわ。

公爵領で再会したシャーリーは見違えるくらい綺麗になっていた。

ガゼル・サリウスの後ろに立つ時の、あの子の幸せそうな顔といったら！

自分を忘れて嫉妬してしまいそうだったわ。我が妹ながら罪な女よ、ほんとに。

だけどまだダメ。シャーリー、あなたが普通に幸せになるなんて、絶対に許さないんだから。

世界で一番幸せだと誇れるくらい、溺れるほどの愛を浴びる権利が、あなたにはあるんだから。

ローガンズとして過ごした人生を、ワタシが奪ってやる。

そう、それがあの子を傷つけたワタシの罪。ワタシの使命。

あの子の姉だったあたしの――最後の願いだから。

ただ、あの子の血が目覚めていたことは予想外だったけどね。

何がきっかけか分からないけど、コルネリウスの指示で婚約披露宴に行けて良かった。

滅茶苦茶にしたのは許してほしいわ。

ガゼルを挑発して、あの力を外部に流出させる気がないと確かめる必要があったんだもの。

その代わり、結婚式までにはローガンズを終わらせるから。

あとはもう、ローガンズみんなで冥界の炎に焼かれるだけだから。

もうすぐ、全部終わらせるからね――

◆◇◆◇

こうして死ぬ間際になって、思い出す。

綺麗なアメジストの瞳をきらきらと輝かせた、眩《まぶ》しい笑顔。

夜の女神から寵愛を受けたワタシの妹の姿を。

今はもう届かないその後ろ姿に、幻の中で思わず手を伸ばした。

……ごめんね、シャーリー。

もっとちゃんと、お姉ちゃんが出来たらよかったのにね。

一緒にお菓子を食べて、中庭を走り回って、本を読んで、恋の話をしたりして。

買い物をしたり、ドレスを選んであげたり。

もっともっと、あなたにお姉ちゃんらしいこと、ちゃんとしてあげたかった……

でもお姉ちゃん、馬鹿だから。

もっといい方法があるかもしれないって、何度も考えたけど。

結局あなたを傷つけるやり方しか出来なくて……

馬鹿なお姉ちゃんで、ごめんね。

今まで我慢させせた分、たくさんガゼルに甘えてね。

たくさんお菓子を食べて、たくさんお風呂に入って、とびっきり綺麗になるのよ。大好きな人と一緒にデートして、手を繋《つな》いで……抱きしめてもらいなさい。

あなたには地下牢より、日の当たるところがよく似合うわ。

うんといい部屋に住むのよ？　危ないことはしちゃだめだからね。

あなた、危なっかしいもの。

自分の身は大切にしなきゃだめよ？

それから、綺麗なお洋服を着て、たくさんの友達に囲まれて……

ワタシの分までおばあちゃんになってね。

ワタシはあなたを傷つけることしか出来なかったけど。

あなたの傍にいる人なら、きっとあなたを幸せにしてくれるわ。
ワタシの望みは、それだけ。
……
…………
…………
あぁでも。欲を言えば。

——あなたの赤ちゃん、見たかったなぁ。

きっとあなたに似て、馬鹿みたいにお人好しで、天然で、人たらしで。
まつ毛が長くて、たれ目で、おっとりしていて。
笑顔が可愛くて、無邪気で、
きっと、天使みたいに可愛いのよ。
男の子でも、女の子でも、とびっきり素敵な子に育つんだわ。
ちょっぴりおドジなところも受け継ぐのかしら。
あなたはミアナみたいな素敵なお母さんになって、めっ、て叱るんでしょうね。
それから、子供と一緒に泥だらけになるまで遊んで……
一緒にケーキを食べて、笑い合ったりして。

それから。
それ、から……
…………
……………
はは、もう、暗い。
考える元気もなくなってきちゃった。
でも、こんな最後も、ワタシの幕引きとしては悪くないか。
げほ、げほ。
……うん。
もう、何も見えないわ。毒が回って来たみたい。
はぁ――……最後に、なに考えてたんだろ。
ワタシらしくない馬鹿な真似だわ。愚か者にはお似合いの最後よ。
神様が聞いていたら、きっとワタシを冥府の炎で焼いてくれるでしょうね。
うん。言いたいことは全部言った。
懺悔《ざんげ》はおしまい。
…………もう、いいか。

もう、疲れたもの。
さよならワタシ。
さようなら……シャーリー。
ワタ、シの……だい、す、きな……

「——お姉さまっ!!」

最終章　ありったけの愛をあなたに

「ずっと不思議に思っていました」

別棟の地下にある座敷牢へ向かいながら、シャーリーは思い出す。

ローガンズ家で虐《しいた》げられた日々を、カレンが魔術で虐《いじ》めてきた時のことを。

改めて思い出してみると、気付くことがある。

「お姉さまはなぜわたしを虐《いじ》める時、風や水の魔術しか使わなかったんでしょう？」

そう、そうなのだ。

カレンは天才である。本当にシャーリーを虐《いじ》めたいなら、もっと他に良い魔術があったはずだ。

それこそローガンズ家では拷問用の魔術なんていくらでも開発されているのだから。

「それは、確かに……あいつが来たあと、君に傷がないことは不思議に思っていたが」

「わざと手加減されていたんです。もちろんわたしの体質のせいもあったんでしょうけれど……それに、思い返せばわたし、飢えたことがありません。お姉さまのお茶会のあとにはいつも高級なお菓子が残されていて……今にして思うと、わざと残していたとしか思えません」

「君はうちに来た時も、たくさん食べていたな」

ガゼルはシャーリーを先導しながら唸《うな》った。

公爵家に初めて来た時。泥のように眠って起きた、夕食の席のことだ。

あの時シャーリーは何も考えずにたくさん食べていたが……

あれも考えてみればおかしい。

地下牢に閉じ込められていたシャーリーは栄養失調に陥《おちい》っているはずで、あんなにたくさん食べると胃がびっくりして倒れてもおかしくはなかったのだ。しかし、シャーリーは倒れなかった。なぜか？　それは実家でほそぼそと食事を取れていたからに他ならない。

それだけじゃない。シャーリーが実家を出たあの時も、

『服なんて隠せば変わらないでしょ。ほら、これでも被《かぶ》ってなさい』

と、カレンはマルグリットの指示に逆らって服を着替えさせなかった。普通は伯爵家から嫁に出す女を着飾らないなんてありえないけれど、もしもカレンがわざと虐待に気付かせようとしていたなら辻褄《つじつま》が合う。

「……君を疑うわけではないが、俺はまだ信じられない。君を守りたいならもっといい方法があったはずだ。それこそ王家に具申するとか……」

言葉の途中で気付いたのか、ガゼルは気遣わしげな視線をシャーリーに送る。

「そうか……君のためか」

シャーリーはぎゅっと唇を引き結んだ。

そう、カレンは王家を含めた外部に助けを求めるわけにはいかなかった。

もしも説明すればシャーリーの力が外部に漏れ、また、ローガンズがどう動くか分からない。

一人で動くしか、選択肢がなかったのだ。

もしも幼い頃の記憶が正しいなら、今ごろ、カレンは——

「——お姉さまっ!!」

嫌な予感を覚えながら、シャーリーは別棟の座敷牢へ駆け込んだ。

そして愕然と目を見開く。

血だまりの中に、ローガンズ伯爵家の面々が倒れていた。

手足は蒼黒く腫《は》れ上がり、腐りかけているように見える。血と嘔吐物にまみれた室内は思わず鼻を押さえたくなる強烈な臭いを発しており、不気味な呻《うめ》き声だけが室内に響いていた。

「これは……魔毒か？　だが奴らに魔術は……まさか物理的な毒を持ち込んで……？」

「お姉さま、お姉さまぁ!!」

シャーリーは、現状を分析するガゼルの横を通りすぎてカレンの元へ。

血だまりの中央に倒れたカレンの身体は、驚くほどに軽かった。

——その口元は、満足げに緩《ゆる》んでいた。

まるで、すべてをやり遂げて満足したかのように。

愕然としたシャーリーはゆっくりと首を左右に振る。

「いや……」

幼い記憶が脳裏を駆け巡る。

『シャーリー。ほら、お菓子があるわ。一緒に食べましょう？』

「いや、だよ」

『違うわシャーリー。カーテシーはこう。もっと優雅にするの。ほら、やってみて？』

「こんなの、やだよぉ」

『ほぅら出来た。ふふ。あたしの妹はほんとに可愛いんだから』

「いや、いや……いやぁあああああああああ！」

シャーリーはカレンの身体に縋《すが》りついた。

――すべてを知ったわけではない。

けれど、ローガンズ家が倒れているのはカレンの仕業だろうとシャーリーは肌で感じ取っていた。

カレンがなぜ、自分を虐《いじ》めているフリをしていたかも。

記憶を封じられていても、シャーリーはカレンを心から嫌うことが出来なかった――

幼い頃に感じた姉の優しさは、孤独を埋め合った温もりは、それほどにかけがえのないもので。

「わたしは……わたしは、お姉さまが傍にいてくれればよかったのに!!」

「……」

「それだけで、わたしは、十分救われていたのに……!!」

「シャーリー様、失礼します」

イザベラが横からカレンの身体を触診し、苦しげに首を振った。

「かろうじて息はありますが……もう」

「そんな」

シャーリーは周りを囲むガゼルを、騎士たちを見た。

誰も何も言わない。ただ首を振って、複雑な表情で俯《うつむ》くのみだ。

――何か。何か方法はないのか。

――なんでもいい。誰でもいいから。

――誰か、この人を。

「うる、さいわねぇ……」

「お姉さま⁉」

その時、カレンは瞼《まぶた》を震わせながら目を開けた。

薄ぼんやりした目が、シャーリーを捉《とら》える。

「キャハッ、なぁにあんた……なんで、ここにいるのよ」

「お姉さま、わたしはっ」

「あんたに、こんなところを見られるなんて、ワタシも堕ちたものね」

悪しざまに、見せつけるような言葉だ。

どれだけ悪く思われても絶対に秘密を明かさない、決死の覚悟がそこにあった。

「こんな惨《みじ》めな姿を晒《さら》すくらいなら、みんなで死のうって……お兄様に、毒を、盛られたの……。

気付かなかったワタシたちが、馬鹿だったわ……」

「……」

「おかげで家族全員このざまよ。よかったわね、あんた……」

「……」

「これで、せいせい、した、でしょう……ワタシ、たち、は……」

「もう嘘をつくのはやめてください!!」

腹の底から叫ぶと、カレンは目を見開いた。

「あなた、まさか……」

「はい、全部思い出しました」

シャーリーはぎゅっと拳《こぶし》を握った。

「もう分かってるんです。お姉さまはいつだって、わたしを気遣ってくれましたよね。お義兄様《にいさま》やお義母様《かあさま》に虐《いじ》められている時、真っ先に飛んで来て、わたしを助けてくれましたよね。お茶会でケーキを残していたのも、わざとなんでしょう?」

「……キャハッ、滅びの血の力……ここまで、厄介だったなんて」

困り果てたように、カレンは笑う。

「それだけは、ワタシも……予想外だったなぁ……」

「お姉さま……」

「一つだけ……聞かせて。シャーリー」

カレンはシャーリーに手を重ねて微笑み、優しく問いかけてくる。

「あなたは……今、幸せかしら?」

「……はい」

シャーリーは涙を浮かべながら何度も頷いた。

「わたしは、とっても幸せです」

「……そう」

カレンはゆっくりと瞼《まぶた》を閉じる。

「よかったぁ……」

カレンの手から力が抜けた。

心臓の鼓動が、どんどん弱くなっていく。

「だ、だめ。逝かないで」

シャーリーはカレンの手を掴《つか》んで懇願した。

「やだよ……ねーね……こんなのやだよぉ……!!」

「…………」

「ずっと一緒だって、約束したのに!!」

自分だけ幸せになって、喜ぶとでも思ったのだろうか。

あの家で地獄のような日々を送ったのは、カレンも同じだというのに！

死なせない。死なせたくない。

でも、こんな自分に出来ることなんて、もうなにも。

(——わたしに、出来ること?)

そうだ。あるじゃないか。

天才カレン・ローガンズすら退《しりぞ》けた、この王国で唯一無二の力が――

「お姉さま」

シャーリーはカレンの胸に手を当てた。

「わたしは、あなたを死なせない――！」

その瞬間、世界に光が満ちた。

部屋中に光の粒をまきちらすアメジスト光はさながら銀河のようで、きらきらとした星粒が座敷牢全体に渦巻き、収束し、カレンの身体に染み渡っていく。

美しい身体が色彩を取り戻し、土気色になった手足が生気を帯びていく。

だがその行為は、もう一人の怪物を呼び覚ました。

――貴様の、せいで。

誰もがシャーリーの行為に目を奪われていた。

だから、反応が遅れたのだ。

「貴様の、せいでぇえええええええええええええ!!」

魔を滅する光に触れたコルネリウスが復活し、騎士から剣を奪ってシャーリーに突貫する。

もし今邪魔をされれば、姉は助からないかもしれない。

その想いがシャーリーを踏みとどまらせ、そして。

「させるか!!」

ガゼルは疾風のごとく二人の間に割って入り、コルネリウスの剣を受け止めた。

「ガゼル様！」

「シャーリー！　君は俺が絶対に守る。だから、君は望みを叶えろ!!」

「ふざけるなぁ！　裏切り者共々、この儂が絶対に始末して……」

「もう二度と彼女から何も奪わせない。たとえそれが、ローガンズの悪女であっても!!」

「シャーリー様、お早く!!」

ガゼルとイザベラの言葉を信じ、シャーリーはカレンに意識を集中させる。

（二人とも——ありがとう）

カレンは重体だ。ただ毒を浄化するだけでは衰弱死してしまう。

（わたしの力が、どういうものかよく分かってないけど）

お願い。今だけでいい。

もう、これっきりでいい。

こんな力、なくなったっていいから。

「わたしの大好きなお姉さまを、助けて——!!」

光はだんだん強くなる。

風が吹き荒れ、その場の邪気が消えて聖なる気が満ちていく。

そして——

カレンの瞼《まぶた》が、震えた。

「……ここ、は」

「お姉さま!!」

カレンに抱き着いたシャーリーは、彼女の規則正しく鼓動を刻む音を聞いて涙をこぼした。

「よかった……よかったよぉ……」

カレンは自分の身体を不思議そうに見下ろし、ゆっくりとシャーリーを見た。

「完全に治ってる……これ……あなたが……？」

「うん……なぜか、よく分からないけど……」

「……そっか」

カレンは瞳から涙をこぼし、優しい姉の顔を見せた。

幼い頃に見た時と同じ、シャーリーの大好きな顔だった。

「ありがとうね。シャーリー」

「お姉さま……」

「あなたのおかげで、ローガンズは全部終わったわ……」

既にコルネリウスは取り押さえられ、腐り落ちた手足から血を流して倒れている。

他の者たちが起き上がらないようにと、イザベラが順番に見て回っているところだ。

カレンはその光景を視界に収め、寂しそうに呟《つぶや》く。

「本当に、すべて終わった……最期にあなたと話せて、よかったわ」

「え、最期……？」

その時だ。大勢の騎士たちが座敷牢に踏み込んできた。

目を白黒させるシャーリーに構わず、騎士たちはローガンズ家を手早く拘束していく。

そして、彼らはシャーリーとカレンを取り囲んだ。

「カレン・ローガンズ」

騎士たちの間から進み出てきたのは、第三王女エリザベス。

「あなたを反逆の罪で逮捕します。覚悟は……出来ていますね」

「そんな⁉」

シャーリーは悲鳴を上げた。

「待ってください。カレンお姉さまは、本当はローガンズを裏切ってて……い、今彼らが倒れているのもお姉さまがやったことです！　それに、それに、お姉さまは、ほんとは」

「もしあなたが言っていることが本当なら、なおさら罪が重くなりますわ」

エリザベスは辛そうに告げた。

「罪人を捕まえるためならまだしも……囚人に対する私刑は犯罪です。ローガンズは裁判を通して裁かれねばなりません。たとえその方のおかげで、戦争の被害が最小限になったとしても」

「そんな……」

カレンはすべて分かっていたのだろう。

覚悟していたかのように目を瞑《つぶ》り、何も言おうとはしなかった。

「待って……待ってください。そんなのおかしいです。お、お姉さまは、ほんとは優しくて……いつだってわたしを守ってくれて……だ、大体、なんでエリザベス様が公爵領に来て、わざわざローガンズを捕まえようとするんですか。王家とはいえ、越権行為です！」

「王家に対する反逆を宣言された以上、緊急時特務法が適用されます。わたくしがここへ来たのは、わたくし宛の通報があったから。ローガンズがサリウス家を狙っているというね」

ハッとシャーリーはカレンを見た。

相変わらず何も言わないが、シャーリーは確信する。

「お姉さま……まさか、確実にローガンズを滅ぼすために……」

権力に興味がなく、ガゼルと近しく、シャーリーを可愛がってくれる王女に通報したのか。

『放蕩王女《ほうとう》』のエリザベス以外に頼めばシャーリーの力が露見するリスクが増えると踏んで。

「お姉さまは、どこまで……!!」

どこまで、自分を犠牲にすれば気が済むのだろう。

彼女は自分が生きる道を放棄し、ただ目的のためにすべてを擲《なげう》つ覚悟で臨んでいる。

社交界に嫌われる、暴虐無人《ぼうぎゃくぶじん》の悪女を演じるかのように——

「ガ、ガゼル様」

シャーリーはガゼルを見る。彼は力不足を嘆くように震えていた。

イザベラを見る。彼女は力なく首を振る。もう助ける手立てはないのだと。

カレンが自《みず》ら敷いた死への道は途切れることなく続いていた。

「お姉さま……やだよ。こんなの、やだ……なんで、お姉さまばっかり……！」

「いいのよ、シャーリー」

カレンは目を開けて、優しく微笑んだ。

「最期にあなたと話せただけでワタシは十分救われた。あなたがいてくれたから、ワタシは人間で在《あ》れた。あなたとミアナのおかげで、生きてていいんだって思えた……」

「……っ」

「ローガンズは滅ぼすわ。このワタシも例外じゃない」

「でも、それなら、わたしだってローガンズで……！」

「あなたはもうサリウス家の人間よ。そうでしょ、ガゼル・サリウス公爵？」

「……あぁ、そうだな」

「ガゼル様⁉」

絶対にシャーリーは守り抜く。異なる道でありながら、二人の意志は同じだった。

カレンの生き様を察したガゼルはシャーリーを抱き寄せ、頭を下げる。

「……あなたに尊敬と、感謝を。出来ればあなたを義姉《あね》と呼びたかった」

「馬鹿ね。公爵が罪人に頭を下げてんじゃないわよ」

カレンは鼻で笑い、死への花道を歩き出す。

「さぁ、どこへでも連れて行きなさい。罰は、甘んじて受けるわ」

「いや……お姉さま、いやぁあああああああああああ！」

ガゼルが辛そうにしながらもシャーリーを押さえ、エリザベスが歯噛みしながらカレンを迎えた、その時。

「ひとんちの地下でぎゃーすか騒ぐんじゃないよ。ひよっこ共」


鋭い声が、エリザベスの背後から響いてきた。

その場の全員の視線が、地下に現れた人影に視線を送る。

シャーリーは目を瞬《またた》かせた。

「あなたは……」

それはことあるごとにシャーリーの相談に乗ってくれた、裏庭の淑女。

別棟に勤めているというおばあさん――ゲルダだった。

「おばあさん……？　どうしてここに？」

無邪気に首を傾げるシャーリーだが、周りの反応は違った。

「あ、あなた様は……!!」

ザッ!!　と騎士たちが一斉に跪《ひざまず》いた。

ガゼルですら軽く頭を下げ、エリザベスも緊張が伝わるカーテシーを取る。

「おばあ様。お久しぶりでございます」

「……あれ？　エリザベス様、ゲルダさんとお知り合いですか？」

「まだ会っていなかったの？」

エリザベスは不思議そうに首を傾げて続ける。

「この方は現国王の母にして、わたくしとガゼルの祖母。先々代北部魔獣戦線前線基地長にして、数多《あまた》の著名な騎士を育てた『騎士の母』とも呼ばれるお方――ゲルダ・サリウス様ですわ」

「えっ」

シャーリーは飛び上がった。

「おば……ゲルダ様、そ、そんなにすごい方だったの……!?」

「魔力硬化症……現代医術では治療出来ない不治の病《やまい》にかかっていたのよ。王宮にいた頃は歩くのも辛そうで……今は元気そうだけれど……」

エリザベスは不思議そうにしているが、魔力と名がつく病《やまい》だったので、シャーリーは事情を察した。裏庭で自分が腰をさすったあの時――きっと彼女の病《やまい》を治したのだろうと。

「まぁ元気ならそれに越したことはないですけれど」

エリザベスはそれ以上気にするのをやめたようだった。

「それよりガゼル、あなた婚約者を紹介してなかったの？」

「あたしが拒否したんだよ。正体を隠したまま会ったら、そいつの本性が分かるだろ？」

ゲルダは悪戯《いたずら》っぽく笑った。

「まさか馬鹿孫《ガゼル》にはもったいないほどの女だったとは思わなかったけどね」

「そ、そうだったんだ……あ、いや、そうだったんですね……」

「敬語は要らないよ。ばあばとお呼び」

「えっと……？」

「ま、それより今は片付けなきゃならない問題があるさね」

ゲルダは彼女の前で堂々と立つ、カレンに向き直った。

「カレン・ローガンズ。あんたはローガンズ伯爵家として反乱に参加し、超級魔術で騎士団を攻撃した。さらには囚人だったローガンズ家の殺害を目論《もくろ》んだ。間違いないね？」

「はい。何なりと罰は受けます」

「だが同時に、ローガンズ家の内乱を一早く察知し、妹を救うために奔走《ほんそう》。おのれの命を以《もっ》てローガンズ家を終わらせようとした。あんたの妹に対するその行動に、嘘はあるかい？」

「……嘘は、ありません」

最愛の妹を引き合いに出されて嘘をつけるカレンではなかった。

もしかして、ゲルダ様なら。そう期待するシャーリーの視線に応《こた》えるように――


「よし、許す！」


堂々と言い放つゲルダに、騎士団がどよめいた。

エリザベスが慌てて、二人のやり取りに割って入る。

「おばあ様、お待ちください。さすがにそれは……」

「あたしが許すってんだから、誰にも文句は言わせないよ。もちろん、この子が自分の欲望のままに罪を犯していたなら、話は別だけどね……見たところ、そういうタマじゃない」

「でも、ワタシは今まで何十人も手にかけて……」

「やかましい!!」

「あだっ!?」

カレンの頭にゲルダの鉄拳が炸裂する。

「ガキがうだうだ言ってんじゃないよ！　ローガンズ家の悪行は、この場にいる誰よりもあたしがよぉく知っている。大罪人に育てられた子供に罪はあるか？　おのれの意思で従ったなら罪人だろう。だが、お前はそうじゃない。妹を守り死のうとする子供を、見捨ててたまるかって話だ!!」

皇太后であるゲルダの影響力は現国王に匹敵する。彼女に淑女教育を受けた女は数知れず、現皇后、王女、王族付きの侍女に至るまで、彼女が育てた人材は両手両足の指では数え切れない。

「理由が必要なら用意しようじゃないか。事実として、カレンは反乱の鎮圧に協力した。エリザベスに通報をしたのはこの子だし、脱走を目論《もくろ》んだ家族を自《みずか》ら止めようとした。そうだろ？」

意味ありげに視線を送られたシャーリーは慌てて頷いた。

「そ、そうです！　彼らが脱走しようとするところを、わたしも見ました！」

「シャーリー、あなた……」

カレンが驚きに目を見開き、シャーリーは婚約者を見上げる。

「ガ、ガゼル様も見てます。カレンお姉さまが彼らを止めたところを……そうですよね？」

「あぁ、ばっちり見たぞ」

ホッと胸を撫で下ろすシャーリーに満足げに頷き、ゲルダは言う。

「辛い過去を乗り越えたあんたたちには、幸せになる権利がある。文句があるやつはいるかい？」

「いいえ……文句のある者は黙らせます。おばあ様、ありがとうございます」

「まったくだ」

『放蕩王女《ほうとう》』のエリザベスでは罪を消しきれなくても、ゲルダならば話が別だ。

カレンが自《みずか》ら罰を望んでも、ゲルダは絶対に彼女を許そうとするだろう。

「お姉さま！」

シャーリーが喜びのあまり飛びつくと、カレンは力なく膝をついた。

すりすりと頬をこすり付けるシャーリーに触れて、彼女は呟《つぶや》く。

「ワ、ワタシ……生きてて、いいの？」

「いいんです。お姉さまは、生きてていいんです！」

「ワタシは、あなたに、とってもひどいことを……」

「ふふん。そんなの、忘れました」

あざとく唇を尖らせたあと、シャーリーは微笑みながら言った。

「ずっと――助けてくれてありがとう。お姉さま」

「ぁ」

「あなたのおかげで、わたしはとっても幸せです。だから今度はお姉さまの番。ずっと辛い役目を引き受けてきたあなたが、幸せになってください。わたしたちと一緒に、生きてください」

「ワ、タシ……!!」

シャーリーは満開の花が咲きほころぶように笑った。

「わたしは、ねーねが大好きです！」

「……っ」

くしゃりと、カレンの顔が歪んだ。

悪女の仮面がぼろぼろと剥《は》がれ落ち、雫《しずく》となって地面を濡らす。

ぎゅっと拳《こぶし》を握って俯《うつむ》いて、顔を上げた時、カレンは生まれ直した。

「シャーリー……!!」

シャーリーは胸に飛び込んできた姉を受け止め、力強く抱きしめる。

「あたし、ずっと、ずっとこうしてあげたかった……こうしたかった!!」

「うん、うん……！　わたしも、同じだよ……お姉さま」

「ごめんね、いっぱいひどいことして、ごめんね。あいつらから、守り切れなくて、ごめん……!!」

「いっぱい守ってくれたよ。お姉さまは、わたしの誇りだもの……」

じわりと視界が滲《にじ》んで、シャーリーは声を上げて泣いた。

二人で抱きしめ合う姉妹の姿に、その場にいる者たちが温かな視線を送る。

地下牢に夜明けの光が差し込み、姉妹を縛るローガンズの鎖が溶けていく。

「よかったな……シャーリー」

ガゼルは愛する妻に悟らせないよう、静かに罪人たちをエリザベスに引き渡した。

◆◇◆◇

月夜がもたらす祝福の光が寝室に降り注いでいる。

怒涛《どとう》の一日を終えたシャーリーは窓辺に立って空を見上げていた。

濃厚すぎる一日を噛みしめるように目を閉じると、夜風が黒髪をなびかせる。

コンコン、とノックの音がした。

振り向けば、ガゼルが扉のところに遠慮がちに立っていた。

「ガゼル様」

「シャーリー、いいか？」

もちろん、と頷くと、ガゼルは微笑み、シャーリーの横に立った。

同じ星空を見つめる彼の瞳にさまざまな感情がよぎる。

「今日は大活躍だったな。君のおかげで助かった」

「それはこちらの台詞《セリフ》ですよ」

「いや、君がいなければ俺たちは罪のない女性を裁くところだった」

「……お姉さまが聞いたら、それは違うと言いそうですけど」

カレンに罪がないとは言えない。彼女が社交界で悪意を振りまいたことは事実だ。

いつものように悪ぶって「あんた馬鹿？　何言ってんの？」とでも言うかもしれない。

ありありと想像出来たことがおかしくて、シャーリーはくすりと笑った。

「お姉さまを救えたのはガゼル様のおかげです。だから……こちらこそ、ありがとうですよ」

「そうか。君の役に立てたなら嬉しい」

「わたしも、ガゼル様の役に立てて嬉しいです。これからも、何かあれば頼ってください」

ガゼルは唇を結び、壊れ物に触るような仕草でシャーリーの肩を抱いた。

そっと頭を預けると、ガゼルの手に少しだけ力が入る。

「本当はな、少し不安だったんだ」

「不安、ですか？」

ガゼルは頷き、夜空を見上げながら言った、

「君が我が家に嫁いできたのは、ローガンズ家が最悪の場所だったからだ。しかし、実際はカレンという姉が君を大事に守り続けていた。サリウス家に嫁いだのもその一環で……ならば、もはやサリウス家に嫁ぐ必要はない。このまま姉と二人、静かに暮らすことも出来る」

「……」

「でも、君はこれからと言ってくれた。それが……嬉しい」

「……ガゼル様は、お馬鹿です。わたしが出て行くわけないじゃないですか」

シャーリーはくるりと向きを変え、ガゼルに抱き着いた。

戸惑うガゼルを逃がすまいと背中に手を回す。

「確かにわたしはお姉さまに救われました。記憶を思い出した今、お姉さまはとても大事な人です。一緒にお菓子を食べたいし、一緒にお出かけもしたい。とても、とても大切な人です」

でも、とアメジストの瞳がガゼルを見上げる。

「わたしを最初に救ってくれたのは、ガゼル様なんですよ」

「……俺が？」

「そうです。寂しくて、居場所のなかったわたしに『ここへいていい』と言ってくれた。温かいご飯をくれた。イリスやイザベラのようなお友達もくれた。わたしをローガンズから守ってくれた。お姉さまと比べられないくらい、ガゼル様はわたしを救ってくれたんです」

「……そう、か」

ガゼルは泣きそうな顔で頷いた。

「そうなのか」

「そうなのです。わたし、ガゼル様と離れたくありません」

「俺も、君を離したくない」

一瞬の沈黙。互いを見つめる二人は言葉なく顔を近づけた。

二人の影が重なり、ばさりと揺れたカーテンが夫婦の姿を覆い隠す。

「シャーリー。君を愛している」

「わたしもです。ガゼル様……あなたを愛しています」

初めての夜を過ごす二人を邪魔する者は、どこにもいなかった。

エピローグ　呪われた女でも愛してくれますか？

温かな日差しを浴びながら、シャーリーは目を細めた。

大切な侍女の手が優しく髪を梳《す》いてくれるから、心地よくて眠ってしまいそうだ。

「奥様、もう少し頑張ってください。寝たらだめですよ」

「でもイリス……触り方が……上手いんだもの……気持ちいいわ……」

「これが終わったらケーキを食べていいですよ」

「ほんと⁉　じゃあ頑張らなきゃ！」

一瞬で意識が覚醒したシャーリーにくすりと笑い、イリスは作業を続ける。

足元で飼い猫のジルが「にゃぁあ」と鳴いて、シャーリーは頰をほころばせた。

「今はダメよ、ジル。今から大切な用事があるの。あとでね？」

「奥様がどうしてもと言ったから許したのです。邪魔をしたらご飯抜きですよ」

飼い猫のジルを連れてくることに反対したイリスはにっこり笑う。この間、買ったばかりの服を毛だらけにしたことをまだ怒っているらしい。そろそろ許してあげてほしいとシャーリーは思う。

「我が主《あるじ》。お客様がいらっしゃいました。お通ししても？」

「あ、うん、誰かしら？」

「エリザベス様とカレン様です」

「お姉さま⁉　すぐにお通し――」

「奥様、すぐ支度が終わりますので待っていてもらいましょうね」

「はい……」

凄《すご》みのあるイリスの笑みに押されて、シャーリーはすごすごと姿勢を正した。

そわそわと落ち着かない彼女が髪をいじられること数分、「出来ました」と言われてシャーリーは飛び上がった。同時に扉が開き、二人の淑女が歩いてくる。

「ほ、本当にいいのかしら。あたしがこんなめでたい席に来て……」

「いいに決まってますわよ。あの子が喜ばないはずが……ほら来た」

「お姉さまっ‼」

シャーリーはカレンの胸に飛び込んだ。

豊かな胸に頭をこすり付け、「えへへ～」と鼻をくんくん動かす。

「ねーねの匂い……落ち着く……好きぃ～」

「シャーリーさん、うらやま……失礼、わたくしも交ぜて……違う、はしたないですわよ」

「あんた本音漏れてるわよ、妹大好き王女」

カレンは仕方なさそうにため息をついて、シャーリーを抱きしめ返した。

「昨日ぶりね。シャーリー、元気にしてた？」

「はい！　元気いっぱいです！　イリスがたくさんおめかししてくれました！」

「そう」

「お姉さま、似合いますか？」

くるり、と一回転して、シャーリーは優雅にカーテシー。

白いウェディングドレスは華やかで、ひらひらの袖口にあしらったフリルが花弁のように舞う。

黒い髪にはプラチナブロンドの簪《かんざし》を挿《さ》し、ルビーのイヤリングがきらりと揺れた。

「とっても綺麗よ、シャーリー……ガゼルの色に染まってるのがちょっと気に入らないけど……」

ぼそりと呟《つぶや》いたカレンは目を細め、目の縁を指で拭《ぬぐ》った。

「本当に、綺麗になって……」

「全部、お姉さまのおかげですよ」

「……っ、そ、そういうのは、今日はダメ。お化粧してるんだから」

慌てて顔を背《そむ》けるカレンに微笑ましい視線が向けられる。

——あの後、カレンは王家から北部魔獣戦線で労役することを命じられた。

さすがにゲルダの権力を以《もっ》てしてもお咎《とが》めなしでは王家の威信に関わる。

また、国内最強の魔術師であるカレンを利用しようと近づいてくる者が多いだろうから、北部魔獣戦線で労役とさせたほうが彼女のためになるという判断だった。

労役といっても普通の騎士と変わらず、何なら小隊を任せられるくらい優遇されているとか。

今では二日に一度、公爵家に夕飯を食べに来ている。

（まぁ、ガゼル様が大変になりそうだけど……）

カレンが魔獣戦線に労役になったことで北部騎士団の戦力は大幅に上がった。力をつけすぎたサリウス公爵家を危険視する貴族たちも多いと聞くが……

(ばあばやエリザベス様が頑張ってくれるらしいから……わたしも頑張らないと)

もう二度と姉に悲しい思いをさせてはならないと、シャーリーは決意している。

あれだけ守られたのだから、今度は自分がカレンを守ってあげる番だ。

ちなみにだが——カレンを除くローガンズ伯爵家は全員処刑された。

最期まで喚《わめ》き散らしていたらしいが、その内容に興味も関心もない。

シャーリーはただ姉の幸せを祈り、この日々を守っていきたいと思っている。

「お姉さま、今度いつ泊まりに来ますか？　また一緒に寝たいです」

「馬鹿おっしゃい。新婚の家に泊まりに行く姉がどこにいるの」

カレンは苦笑してシャーリーの頬に手を当てた。

「あなたの大事な人はあたしだけじゃない——そうでしょ？」

「……はい」

「今はその人のことに目を向けなさい。今日はあなたの結婚式なのだから」

「じゃあ今度、ガゼル様が許してくれる日に来てくださいね。約束ですよ？」

「ええ、約束——今度は絶対に、破らないから」

「はい！」

「シャーリーさん、よろしければ今度わたくしも……」

「あ、ばあばがいらっしゃったわ。エリザベス様、また今度」

「シャーリーさんが塩対応⁉　うぅ、まだ許してくださってないのかしら……」

もちろんだ。カレンを連行しようとしたことは割と根に持っている。

王族として仕方がないことだったとはいえ、エリザベスには反省してもらいたい。

逆にカレンを救ってくれたゲルダとは大変仲良くさせてもらっていて、今では彼女に公爵夫人として教育を受けている。お稽古《けいこ》のたびにお茶会を開いているのはみんなに内緒である。

控室を出ると、介添人であるゲルダと合流し、扉の前に待機する。

「シャーリー、綺麗だよ。教えた通り、しっかりやりな」

「ありがとう、ばあば」

『新婦入場』の言葉と共に、扉が開かれた。

祝福の日差しが降り注ぎ、赤い天鵞絨《ビロード》の道がまっすぐに続いている。

大勢の招待客に見守られながら、シャーリーは一歩ずつ奥まで歩いた。

短い階段を上った先に、タキシード姿のガゼルが待っている。

ガゼルの隣に立ったシャーリーが横目に見ると、彼は頬を緩《ゆる》めた。

綺麗だ、とその口が動く。シャーリーは火が出そうなほど熱くなった顔で頷いた。

「ガゼル・サリウス。汝はここにいるシャーリーを妻とし、生涯を通して愛することを誓うか？」

「この命と、我が剣《誇り》に懸けて」

「シャーリー・ローガンズ。ガゼル・サリウスの愛を受け取るか？」

「はい」

「では、誓いの儀式を」

神父に促《うなが》され、シャーリーはガゼルと向き合った。

ヴェールをめくられると、燃えるような紅《くれない》の瞳が見えた。

その熱に見合う女でいられているのか不安で、手が震えそうになる。

「ガゼル様……わたし、魔術が使えません……魔道具も、壊してしまいます」

「知ってる」

「きっとこれからも、ご不便をおかけすることがあると思います。それでも、わたしはガゼル様と一緒にいたいです。どんなに辛いことがあっても……あなたの隣で生きていきたいです」

シャーリーは震える心を叱咤して、ガゼルを見上げた。

「こんなわたしでも……」

シャーリーは一拍の間を置いて問いかけた。

「呪われた女でも、愛してくれますか？」

「無論だ」

ガゼルは一も二もなく頷いた。それから慌てたように首を振って、苦笑する。

「いや、まぁ君は呪われてなどいないのだが」

そう言って、シャーリーの頬に手を当てる。

シャーリーが気に病《や》んでいることを、ずばりと言い当てて。

「たとえその力を失ったとしても、君の傍から一生離れない」

「あ」

胸の奥から熱という熱が集まって、火が出そうになる。

彼にとって滅びの血とか、ローガンズとか、黒髪とか、そんなもの関係なくて。

「ありのままの君を愛している。俺と共に生きてくれ」

万感の思いに、シャーリーは満たされた。

言葉にならない思いが雫《しずく》となって溢れ落ち、彼女は頷く。

「……はい。わたしも愛しています」

りんごん、りんごん、と鐘の音が鳴り響く。

一瞬が永遠にも思える時の中で、二人はゆっくりと顔を近づけた。

ガゼルの唇はとびっきり熱くて、蕩《とろ》けそうになるくらい甘い。

軽く触れているだけなのに、頭がくらくらしてしまいそうなほどの情熱が伝わってくる。

やがてどちらからともなく離れて、二人は笑い合った。

「では帰ろう。俺たちの家に」

「はい。あなた」

大勢の招待客に見守られながら、二人は歩き出す。

そこはもう、寒くて冷たい森の中ではない。

隣には大切な夫がいて。大好きな姉が見守ってくれていて。

無限の優しさの中に溺れてしまいそうなほど、幸せな場所。

（わたしは、ここで、みんなと一緒に生きていく）

シャーリーの心は、これ以上ないほど満たされていた。

この作品に対する皆様のご意見・ご感想をお待ちしております。

おハガキ・お手紙は以下の宛先にお送りください。

【宛先】

〒150-6008 東京都渋谷区恵比寿 4-20-3 恵比寿ｶﾞｰﾃﾞﾝﾌﾟﾚｲｽﾀﾜｰ 8F
（株）アルファポリス　書籍感想係

メールフォームでのご意見・ご感想は右のＱＲコードから、
あるいは以下のワードで検索をかけてください。

アルファポリス　書籍の感想　［検索］

ご感想はこちらから

本書は、「アルファポリス」（https://www.alphapolis.co.jp/）に掲載されていたものを、改題、改稿、加筆のうえ、書籍化したものです。

呪《のろ》われた女《おんな》でも愛《あい》してくれますか？
〜ブサイクと虐《いじ》められた伯爵令嬢《はくしゃくれいじょう》が義姉《あね》の身代《みが》わりに嫁《とつ》がされて
公爵《こうしゃく》に溺愛《できあい》されるようです〜

山夜みい（やまや みい）

2023年 10月 5日初版発行

編集－羽藤瞳・塙綾子
編集長－倉持真理
発行者－梶本雄介
発行所－株式会社アルファポリス
〒150-6008 東京都渋谷区恵比寿4-20-3 恵比寿ｶﾞｰﾃﾞﾝﾌﾟﾚｲｽﾀﾜｰ8F
TEL 03-6277-1601（営業）　03-6277-1602（編集）
URL https://www.alphapolis.co.jp/
発売元－株式会社星雲社（共同出版社・流通責任出版社）
〒112-0005 東京都文京区水道1-3-30
TEL 03-3868-3275
装丁・本文イラスト－Shabon
装丁デザイン－AFTERGLOW
（レーベルフォーマットデザイン－ansyyqdesign）
印刷－図書印刷株式会社

価格はカバーに表示されてあります。

落丁乱丁の場合はアルファポリスまでご連絡ください。

送料は小社負担でお取り替えします。


ISBN978-4-434-32681-3 C0093